REBELIÓN EN LA GRANJA

Traducción: Azul Salgado

REBELIÓN EN LA GRANJA
es editado por
EDICIONES LEA S.A.
Av. Dorrego 330 C1414CJQ
Ciudad de Buenos Aires, Argentina.
E–mail: info@edicioneslea.com
Web: www.edicioneslea.com

ISBN: 978-987-718-739-7

Primera edición. Primera reimpresión
Este libro se termino de imprimir en
Septiembre de 2024.
Impreso en China.

Orwell, George
    Rebelión en la granja : un cuento de hadas / George Orwell. - 1a ed 1a reimp. -
Ciudad Autónoma de Buenos Aires : Ediciones Lea, 2024.
    96 p. ; 23 x 15 cm. - (Novelas clásicas)

    Traducción de: Azul Salgado.
    ISBN 978-987-718-739-7

    1. Narrativa Inglesa. 2. Novelas de Ciencia Ficción. I. Salgado, Azul, trad. II. Título.
    CDD 823

GEORGE ORWELL

REBELIÓN EN LA GRANJA

UN CUENTO DE HADAS

Introducción

Un joven de Motihari, India, nació en 1903, bajo el nombre de Eric Arthur Blair. Para el momento de su muerte por tuberculosis en 1950, sin embargo, el mundo lo recordaría por su seudónimo, George Orwell. Fue un autor que revolucionó la narrativa a nivel mundial, pero, ¿cuál fue el propósito de su escritura? ¿Qué lo llevó a plasmar sus pensamientos de forma tan clara y a la vez difusa? ¿Qué hizo que este autor trascendiera, dejando un legado que incluso hoy, y sobre todo hoy, es de suma relevancia? Para encontrarse inmerso en una obra de Orwell y realmente disfrutarla, para sacarle jugo a cada párrafo que este excelente autor ha trenzado es necesario conocerlo, conocer su forma de pensar y situarlo en su contexto.

Blair fue un hombre que defendió al socialismo democrático toda su vida, que logró transformar su posicionamiento contra los regímenes totalitarios en escritos que hoy se encuentran en manos y bibliotecas de todo el mundo. Su prosa, desarrollada no solo en novelas y ensayos sino también en crónicas periodísticas y críticas literarias, dio origen a un nuevo paradigma.

El autor

Cuando era pequeño se mudó a Inglaterra junto a su madre, Ida Mabel Limouzin, en donde asistió a varias instituciones educativas, incluyendo Wellington y Eaton. Fue en esta última donde Blair tendría su primer encuentro con el mundo de la escritura.

A sus treinta años, y bajo el seudónimo George Orwell se publica su primera novela, *Burmese Days*, que ya contaba con el característico subtono autobiográfico del escritor.

A fines de 1936, Blair se alistó en el Partido Obrero de Unificación Marxista, en Barcelona. Esta decisión cambiaría su vida y su obra. En sus propias palabras, "Cada línea en serio que he escrito desde 1936 ha sido escrita, directa o indirectamente, contra el totalitarismo y a favor del socialismo democrático como yo lo entiendo". En su *Homenaje a Cataluña* (1938) se vale de sus vivencias luchando en la guerra civil española, en la que fue acribillado en el cuello, dejándolo al borde de la muerte para crear un libro "decididamente político".

Durante los años de la Segunda Guerra Mundial, Orwell comenzó a desarrollar su ficción en un nuevo nivel, teñida por su experiencia de vida y de escritura pasada. El autor imagina nuevas realidades oprimidas por los mecanismos de vigilancia y control empleados por el totalitarismo, estas creaciones fueron las que acompañaron su crecimiento como escritor.

Dícese del Orwelliano/a

Podría decirse que lo Orwelliano es todo aquello relativo a este autor y su obra, pero estaríamos ignorando aspectos que esta definición deja fuera o, más bien, engloba de forma desafortunada. Lo que se conoce como Orwelliano es, en verdad, todo aquello que resuene con el carácter socialmente represivo que ilustran sus obras, principalmente *1984 y Rebelión en la Granja*.

Las obras orwellianas no sólo se conectan por la crítica hacia el culto a la personalidad, por la presencia de censura o por la negociación de la verdad. Necesitan, al igual que los regímenes que denuncian, de la presencia un enemigo desconocido, pero extremadamente familiar, su marco de poder que oprime y exprime a los que sueñan con un mundo mejor.

Sobre esta obra

Si bien no es la novela más conocida del autor, *Rebelión en la granja* trae una perspectiva del mundo que todo individuo debe explorar. Publicada en 1945, la obra combina características de una sátira y una fábula para dar lugar a una novela que sin duda exige a sus lectores ejercicios mentales para conectar la realidad de ese momento y la contemporánea a través de la ficción.

La obra tuvo grandes dificultades para publicarse; fue rechazada en cuatro oportunidades hasta que la editorial Secker & Warburg decidió publicarla. La censura a que enfrentaba la novela se debía, según Orwell, al contexto de guerra en el que se encontraba.

La frase más conocida de la novela es probablemente la negación del mandamiento original que rezaba que "Todos los animales son iguales", a través de la idea posterior de que "Algunos animales son más iguales que otros".

Fue, es y será una obra controversial, que incita a la reflexión, pues esa era la principal intención del autor: crear una pieza de denuncia. En sus propias palabras: *"Rebelión en la granja* fue el primer libro en el que intenté, con plena conciencia de lo que estaba haciendo, fundir el propósito político y el artístico en un todo". Con eso en mente, invito a los lectores que giren la página a desgranar la narrativa a cada paso, enfocándose en las sensaciones, pensamientos y emociones que esta obra trascendental despierta en cada uno.

Azul Salgado

Capítulo I

El Sr. Jones, dueño de la Granja Manor, había cerrado con llave los gallineros, pero estaba tan borracho que se había olvidado de cerrar las ventanas. Haciendo bailar la luz de la linterna de un lado a otro cruzó el patio, se sacó las botas en la puerta trasera, se sirvió un último porrón de cerveza del barril que estaba en la cocina y se fue derecho a la cama, donde la Sra. Jones roncaba profundamente.

En cuanto se apagó la luz en el dormitorio empezó un alboroto en toda la granja. Durante el día se corrió la voz de que el viejo Mayor, el verraco blanco premiado había tenido un sueño extraño la noche anterior y deseaba comunicárselo a los demás animales. Habían acordado reunirse todos en el granero principal cuando el Sr. Jones se fuera a descansar. El viejo Mayor (así lo llamaban siempre, aunque fue presentado en la exposición bajo el nombre de Willingdon Beauty) era tan altamente estimado en la granja, que todo el mundo estaba dispuesto a perder una hora de sueño para escuchar lo que él quisiera decir.

En un extremo del granero principal, sobre plataforma elevada, el Mayor se encontraba ya instalado en su lecho de paja, bajo un farol que colgaba de una viga. Tenía doce años de edad y últimamente se había puesto bastante gordo, pero seguía siendo un cerdo majestuoso, de aspecto sabio y benevolente a pesar de que nunca le habían cortado los colmillos. Al poco tiempo empezaron a llegar los demás animales y a acomodarse cada uno a su modo. Primero llegaron los tres perros, Bluebell, Jessie y Pincher, y luego los cerdos, que se acostaron en la paja delante de la plataforma. Las gallinas se situaron en el alféizar de las ventanas, las palomas revolotearon hacia las vigas, las ovejas y las vacas se echaron detrás de los cerdos y se pusieron a rumiar. Los dos caballos de tiro, Boxer y Clover, entraron juntos, caminando despacio y apoyando sus enormes cascos peludos con mucho cuidado por temor a que hubiera algún animalito oculto en la paja. Clover era una yegua robusta y maternal, entrada en años, que no había logrado recuperar su figura después de su cuarto potrillo. Boxer era una bestia enorme, de casi tres metros de altura y con la fuerza de dos caballos normales. Una raya blanca que bajaba por su hocico le daba un aspecto estúpido, y, de hecho, no era muy inteligente, pero sí respetado por todos dado su gran carácter y su tremenda fuerza para el trabajo. Después de los caballos llegaron Muriel, la cabra blanca, y Benjamin, el burro. Benjamin era el animal más viejo y de peor carácter de la granja. Rara vez hablaba, y cuando lo hacía, casi siempre era para hacer algún comentario cínico, como, por ejemplo, cuando decía que Dios le había dado una cola para espantar las moscas, pero que él hubiera preferido no tener ni cola ni moscas. Era el único de los animales de la granja que jamás se reía. Si se le preguntaba por qué, contestaba que no tenía razón para hacerlo. Sin embargo, aunque no lo decía abiertamente, sentía afecto por Boxer. Los dos pasaban los domingos en el pequeño prado detrás de la huerta pastando juntos, sin intercambiar ni una palabra.

Los caballos acababan de acostarse cuando una parvada de patitos que habían perdido su madre entró en el granero piando suavemente y yendo de un lado a otro en busca de un lugar en el que estuvieran a salvo de ser pisados. Clover les hizo una especie de pared con su enorme pata delantera y los patitos se anidaron allí y se durmieron enseguida. A última hora, Mollie, la bonita y tonta yegua blanca que tiraba del coche del Sr. Jones, entró masticando un terrón de azúcar. Se colocó al frente, coqueteando con sus blancas crines con el fin de atraer la atención hacia las cintas rojas que traía trenzadas en su crin. Por último hizo su aparición la gata, que buscó, como de costumbre, el lugar más cálido, entre Boxer y Clover. Ahí ronroneó a gusto durante el todo el discurso del Mayor, sin oír una sola palabra de lo que decía.

Ya estaban presentes todos los animales, excepto Moses, el cuervo amaestrado, que dormía sobre una percha atrás de la puerta trasera. Cuando el Mayor vio que estaban todos acomodados y esperaban con atención, aclaró su voz y comenzó:

—Camaradas: ya se habrán enterado del extraño sueño que tuve anoche. Pero de eso hablaré luego. Primero tengo que decir otra cosa. Yo no creo, camaradas, que esté muchos meses más con ustedes y antes de morir considero que es mi deber transmitirles la sabiduría que he adquirido. He tenido una larga vida y dispuse de mucho tiempo para pensar mientras estuve solo en mi chiquero. Creo poder afirmar que entiendo el sentido de la vida en este mundo tan bien como cualquier otro animal viviente. Es respecto a esto de lo que quiero hablarles.

"Veamos, camaradas: ¿Cuál es el sentido de nuestra vida? Reconozcámoslo: nuestras vidas son tristes, fatigosas y cortas. Nacemos, nos dan la comida justa y necesaria para mantenernos vivos y a aquellos de nosotros capaces de trabajar nos obligan a hacerlo hasta el último átomo de nuestras fuerzas; y en el preciso instante en que ya no servimos, nos matan con una crueldad espantosa. Ningún animal en Inglaterra conoce el significado de la felicidad o del placer después de haber cumplido un año de edad. No hay animal libre en Inglaterra. La vida de un animal es sólo miseria y esclavitud: esta es la pura verdad.

"Pero, ¿forma esto parte del orden natural realmente? ¿Acaso esta tierra es tan pobre que no puede proporcionarle una vida digna a todos sus habitantes? No, camaradas. Una y mil veces no. El suelo de Inglaterra es fértil, su clima bueno, capaz de dar comida en abundancia a una cantidad mucho mayor de animales que la que actualmente lo habitan. Nuestra granja puede mantener una docena de caballos, veinte vacas, centenares de ovejas; y dar a todos ellos comodidad y dignidad en un nivel que excede nuestra imaginación. Entonces, ¿por qué seguimos en estas míseras condiciones? Porque los seres humanos nos arrebatan prácticamente todo el fruto de nuestro trabajo. Ahí está, camaradas, la respuesta a todos nuestros problemas. Todo se explica en una sola palabra: el Hombre. El hombre es el único enemigo real que tenemos. Al quitar al hombre de la ecuación, la causa de nuestra hambre y exceso de trabajo desaparece para siempre.

"El hombre es el único ser que consume sin producir. No da leche, no pone huevos, es demasiado débil para tirar del arado y es demasiado lento como para atrapar conejos. Sin embargo, es dueño y señor de todos los animales. Los hace trabajar, les da lo mínimo necesario para mantenerlos vivos y lo demás se lo guarda para sí. Nuestro trabajo labra la tierra, nuestro estiércol la fertiliza y, sin embargo, no existe uno solo de nosotros que posea algo más que la piel que lleva. Ustedes, vacas, que están aquí, ¿cuántos miles de litros de leche dieron este último año? ¿Y qué fue de esa leche que debía servir para criar terneros robustos? Hasta la última gota ha ido a parar al paladar de nuestros enemigos. Y ustedes, gallinas, ¿cuántos huevos pusieron este año y cuántos pollitos salieron de esos huevos? Todo lo demás se fue al mercado para generar dinero para Jones y su gente. Y vos, Clover, ¿dónde están esos cuatro potrillos que tuviste, que debían darte apoyo y alegría en tu vejez? Todos fueron vendidos al año. No los volverás a ver jamás. A cambio de tus cuatro críos y todo tu trabajo en el campo, ¿qué has tenido, además de tus míseras raciones y un establo?

"Ni siquiera nos permiten que nuestras pobres vidas cumplan su ciclo natural. Por mí no me quejo, porque he sido uno de los afortunados. Tengo doce años y he sido padre de más de cuatrocientos cochinillos. Tal es el destino natural de un cerdo. Pero al final ningún animal se libra del cuchillo cruel. Ustedes, jóvenes cerdos que están sentados frente a mí, cada uno de ustedes va a chillar por su vida en un año. A ese horror llegaremos todos: vacas, cerdos, gallinas, ovejas… todos. Ni siquiera los caballos y los perros tienen mejor suerte. Vos, Boxer, el día que tus grandes músculos pierdan su fuerza, Jones te venderá al desollador, quien te cortará el pescuezo y te cocinará para los perros de caza. En cuanto a los perros, cuando estén viejos y sin dientes, Jones les atará un ladrillo al cuello y los ahogará en el lago más cercano.

"¿No queda claro entonces, camaradas, que todos los males de nuestras vidas provienen de la tiranía de los seres humanos? Con tan sólo eliminar al Hombre, el producto de nuestro trabajo nos pertenecerá. Casi de la noche a la mañana, nos volveríamos ricos y libres. Entonces, ¿qué es lo que debemos hacer? ¡Trabajar día y noche, con cuerpo y alma, para derrocar a la raza humana! Ese es mi mensaje, camaradas: ¡Rebelión! Yo no sé cuándo surgirá esa rebelión; quizá dentro de una semana o en cien años; pero sí sé, con la misma certeza con la que veo esta paja bajo mis patas, que tarde o temprano se hará justicia. ¡No aparten la vista de eso, camaradas, durante los pocos años que les queden de vida! Y, sobre todo, transmitan mi mensaje a los que vengan después, para que las futuras generaciones puedan continuar con la lucha hasta alcanzar la victoria.

"Y recuerden, camaradas: jamás deben vacilar. Ningún argumento los debe desviar del camino. Nunca presten atención cuando les digan que el Hombre y los animales tienen intereses comunes, que la prosperidad de uno es también la de los otros. Esas son mentiras. El Hombre no sirve a los intereses de ningún ser excepto por los suyos propios. Y entre nosotros los animales, que haya una unidad perfecta, una perfecta camaradería en la lucha. Todos los hombres son enemigos. Todos los animales son camaradas.

En ese momento se produjo un gran alboroto. Mientras el Mayor estaba hablando, cuatro ratas enormes salieron de sus escondites y se sentaron sobre sus colas para escucharlo, pero los perros las vieron y sólo gracias a la impresionante carrera hasta sus agujeros lograron salvar sus vidas. El Mayor levantó su pata para llamar al silencio.

—Camaradas —dijo—, aquí hay un tema que debe resolverse. Los animales salvajes, como los ratones y los conejos, ¿son nuestros amigos o nuestros enemigos? Pongámoslo a votación.

Se votó inmediatamente, y se decidió por una mayoría abrumadora que las ratas eran camaradas. Hubo solamente cuatro discrepantes: los tres perros y la gata, que, como se descubrió luego, había votado por ambas partes. El Mayor prosiguió:

—No me queda más que decirles. Solo les repito: recuerden siempre nuestro deber de enemistar al Hombre y su manera de ser. Todo el que camine en dos pies es un enemigo. Lo que ande en cuatro patas, o tenga alas, es un amigo. Y recuerden también que en la lucha contra el Hombre, no debemos llegar a parecernos a él. Aun cuando lo hayan vencido, no adopten sus vicios. Ningún animal debe vivir en una casa, dormir en una cama, vestirse, beber alcohol, fumar tabaco, manejar dinero ni dedicarse al comercio. Todas las costumbres del Hombre son malas. Y, por sobre todas las cosas, ningún animal debe tiranizar a sus semejantes. Débiles o fuertes, listos o ingenuos, todos somos hermanos. Ningún animal debe matar a otro animal. Todos los animales son iguales.

"Y ahora, camaradas, les contaré el sueño que tuve anoche. No puedo describirlo para ustedes. Era una visión de cómo será la tierra cuando el Hombre haya sido derrocado. Pero me trajo a la memoria algo que hace tiempo había olvidado. Hace muchos años, cuando era un cochinillo, mi madre y las otras cerdas acostumbraban a entonar una vieja canción de la que sólo sabían la melodía y las tres primeras palabras. Aprendí esa canción en mi infancia y hacía mucho tiempo que no pensaba en ella. Anoche, sin embargo, vino a mí en un sueño. Es más, también volvió la letra de la canción. Son palabras que estoy seguro que fueron cantadas por animales hace muchísimo tiempo y luego fueron olvidadas durante generaciones. Les cantaré esa canción ahora, camaradas. Soy viejo y mi voz es ronca, pero cuando les haya enseñado la tonada podrán cantarla mejor que yo. Se llama *Bestias de Inglaterra*".

El viejo Mayor se aclaró la garganta y empezó a cantar. Tal como había dicho, su voz era ronca, pero a pesar de todo sonaba bastante bien; era una tonada pegajosa, algo a medias entre *Clementina* y *La cucaracha*.

La letra decía así:
Bestias de Inglaterra, bestias de Irlanda,
bestias de todo clima y país,
oíd mis alegres nuevas
que anuncian un futuro feliz.
Tarde o temprano llegará el día
en el que se acabará la tiranía del hombre,
y solo las bestias caminarán
por los fértiles campos ingleses.
Desaparecerán los aros de nuestros hocicos
y de nuestro lomo los arneses,
se oxidarán para siempre los frenos y las espuelas
y los crueles látigos no volverán a chasquear.
Riquezas que la mente no puede contemplar,
trigo y cebada, heno y avena,
trébol, alubias y remolacha
desde ese día nuestras serán.
Brillantes lucirán los campos ingleses,
más puras serán sus aguas,
más dulces soplarán sus brisas
el día que conozcamos la libertad.
Por ese día todos debemos trabajar,
aunque muramos sin verlo amanecer;

vacas y caballos, gansos y pavos,
todos debemos luchar por la libertad.
Bestias de Inglaterra, bestias de Irlanda,
bestias de todo clima y país,
oigan bien y difundan mis nuevas
que anuncian un futuro feliz.

La canción levantó un clima de excitación entre los animales. Poco antes de que el Mayor terminara, todos comenzaron a cantarla. Hasta los más tontos había retenido la melodía y parte de la letra, y los más inteligentes, como los cerdos y los perros, aprendieron la canción de memoria en pocos minutos. Luego de varios ensayos previos, toda la granja comenzó a cantar *Bestias de Inglaterra* al unísono. Las vacas la mugieron, los perros la aullaron, las ovejas la balaron, los caballos la relincharon, los patos la graznaron. Estaban tan contentos con la canción que la repitieron cinco veces, y podrían haber continuado así toda la noche si no los hubieran interrumpido.

Desgraciadamente, el alboroto despertó al Sr. Jones, que saltó de la cama pensando que había un zorro merodeando en los corrales. Agarró la escopeta, que estaba siempre en un rincón del dormitorio e hizo un disparo en la oscuridad. Los perdigones se incrustaron en la pared del granero y la reunión terminó abruptamente. Cada cual huyó hacia su lugar designado de dormir. Las aves saltaron a sus perchas, los animales se acostaron en la paja y enseguida toda la granja se quedó dormida

Capítulo II

Tres noches después, el Viejo Mayor murió tranquilamente mientras dormía. Su cadáver fue enterrado al pie de la huerta. Eso ocurrió a principios de marzo.

Durante los tres meses siguientes hubo una gran actividad secreta. El discurso del Mayor había hecho que los animales más inteligentes de la granja vean la vida desde un punto de vista totalmente nuevo. Ellos no sabían cuándo sucedería la Rebelión que pronosticó el Mayor; ni tenían motivo para creer que sucedería durante el transcurso de sus propias vidas, pero vieron claramente que su deber era prepararse para ella. La labor de enseñar y organizar a los demás recayó, naturalmente, sobre los cerdos, a quienes se reconocía generalmente como los más inteligentes de los animales.

Entre los cerdos destacaban dos, que se llamaban Snowball y Napoleón, a quienes el Sr. Jones criaba para vender. Napoleón era un cerdo grande de aspecto feroz, el único cerdo de raza Berkshire en la granja; de pocas palabras, tenía fama de salirse siempre con la suya. Snowball era más vivo que Napoleón, tenía mayor facilidad con las palabras y era más ingenioso, pero lo consideraban de carácter débil. Los demás puercos machos de la granja eran muy jóvenes. El más conocido entre ellos era un pequeño gordito que se llamaba Squealer, de mejillas muy redondas, ojos expresivos, movimientos ágiles y voz chillona. Era un orador brillante, y cuando discutía sobre algún asunto difícil, tendía a saltar de un lado a otro moviendo la cola persuasivamente de lado a lado. Se decía de Squealer que era capaz de hacer ver lo negro, blanco.

Estos tres habían elaborado un sistema completo de ideas, a base de las enseñanzas del Viejo Mayor al que dieron el nombre de *Animalismo*. Varias noches por semana, cuando el Sr. Jones dormía, tenían reuniones secretas en el granero, en las que exponían a los demás los principios del Animalismo. Al principio encontraron mucha estupidez y apatía. Algunos animales hablaron del deber de lealtad hacia el Sr. Jones, a quien llamaban "Amo", o hacían comentarios tan básicos como: "El Sr. Jones nos da de comer"; "Si él no estuviera nos moriríamos de hambre". Otros hacían preguntas tales como: "¿Qué nos importa a nosotros lo que va a pasar cuando estemos muertos?", o bien: "Si la rebelión va a surgir inevitablemente, ¿qué diferencia hay si trabajamos para eso o no?", y los cerdos tenían grandes dificultades para hacerles ver que eso iba en contra del espíritu del animalismo. Las preguntas más estúpidas fueron las de Mollie, la yegua blanca. La primera que le hizo a Snowball fue:

—¿Habrá azúcar después de la rebelión?

—No —respondió Snowball firmemente—. No tenemos los medios para fabricar azúcar en esta granja. Además, no necesitás azúcar. Tendrás toda la avena y el heno que necesites.

—¿Y podré seguir usando cintas en la crin? —insistió Mollie.

—Camarada —dijo Snowball—, esas cintas que tanto te gustan son el símbolo de la esclavitud. ¿No entendés que la libertad vale más que esas cintas?

Mollie asintió, pero daba la impresión de que no estaba muy convencida.

El mayor problema para los cerdos fue desmentir las falsedades que difundía Moses, el cuervo amaestrado. Moses era el favorito del Sr. Jones y era un espía, chismoso, pero también un conversador muy hábil. Decía conocer la existencia de un país misterioso llamado Monte Azucarado, al que iban todos los animales cuando morían. Estaba situado en algún lugar del cielo, "un poco más allá de las nubes", decía Moses. Ahí era domingo siete veces a la semana, el trébol abundaba todo el año y los terrones de azúcar y las tortas de linaza crecían en los cercos. Los animales odiaban a Moses porque era un mentiroso y no trabajaba, pero algunos creían en el Monte Azucarado y los cerdos tenían que debatir mucho para convencerlos de que tal lugar no existía.

Los discípulos más leales eran los caballos de tiro Boxer y Clover. Ambos tenían gran dificultad para pensar por sí mismos, pero desde que aceptaron a los cerdos como maestros, asimilaban todo lo que se les decía y lo transmitían a los demás animales mediante argumentos sencillos. Nunca faltaban a las reuniones secretas en el granero y encabezaban el canto de *Bestias de Inglaterra,* con el que siempre se daba fin a las reuniones.

La rebelión se llevó a cabo mucho antes de lo pensado y más fácilmente de lo esperado. En años anteriores el Sr. Jones, a pesar de ser un amo duro, había sido un agricultor capaz, pero últimamente iba de mal a peor. Se había desanimado mucho después de perder bastante dinero en un conflicto y comenzó a beber más de la cuenta. Durante días enteros permanecía en el sillón de la cocina, leyendo el periódico, bebiendo y, ocasionalmente, dándole a Moses cortezas de pan mojadas en cerveza. Sus peones se habían vuelto perezosos, los campos estaban llenos de maleza, los techos necesitaban arreglos, los cercos estaban descuidados, y los animales mal alimentados.

Llegó junio y el heno estaba casi listo para ser cosechado. La noche de San Juan, que era sábado, el Sr. Jones fue a Willingdon y se emborrachó de tal forma en "El León Rojo", que no volvió a la granja hasta el mediodía del domingo. Los peones habían ordeñado las vacas en la madrugada y luego se fueron a cazar conejos, sin preocuparse por darles de comer a los animales. Cuando volvió, el Sr. Jones se quedó dormido inmediatamente en el sofá, con la cara tapada con el periódico, por lo que al anochecer los animales seguían sin comer. El hambre se tornó insoportable para los animales. Una de las vacas rompió con un cuerno la puerta del depósito y los animales empezaron a comer de los granos. En ese momento se despertó el Sr. Jones. De inmediato, él y sus cuatro peones aparecieron echando latigazos a diestra y siniestra. Esto superaba lo que los hambrientos animales podían soportar. Aunque nada había sido planeado con anticipación, de forma unánime se abalanzaron sobre sus torturadores. En un santiamén, el Sr. Jones y sus peones se encontraron rodeados recibiendo empujones y patadas. La situación se salió de control. Jamás habían visto a los animales portarse de esa manera. Ese comportamiento inesperado, esa insurrección de las criaturas a las que estaban acostumbrados a golpear y maltratar impunemente los aterrorizó. Sin demora, abandonaron el intento de defensa y escaparon. Un minuto después, los cinco corrían a toda velocidad por el sendero que conducía al camino principal, con los animales persiguiéndolos triunfalmente.

La señora Jones miró por la ventana del dormitorio, vio lo que pasaba, metió rápidamente algunas cosas en un bolso y se escabulló de la granja por otro camino. Moses saltó de su percha y aleteó tras ella, chillando. Mientras tanto, los animales espantaron al Sr. Jones y sus peones hasta la carretera y, apenas salieron, cerraron el portón tras ellos estrepitosamente. Y así, casi sin darse cuenta, la Rebelión se había llevado a cabo triunfalmente: el Sr. Jones había sido expulsado y los animales eran los nuevos dueños de la Granja Manor.

Durante los primeros minutos los animales apenas podían concebir su triunfo. Su primera acción fue correr todos juntos alrededor de los límites de la granja, para asegurarse de que ningún ser humano se escondía en ella; luego volvieron galopantes hacia los edificios para borrar los últimos rastros del siniestro reinado del Sr. Jones. Rompieron la puerta del guadarnés que se encontraba en un extremo del establo y tiraron en un pozo las embocaduras, las argollas, las cadenas de los perros, los crueles cuchillos con los que el Sr. Jones castraba a los cerdos y corderos. Las riendas, las cabezadas, las anteojeras, los degradantes morrales fueron tirados al fuego en el patio, donde en ese momento se estaba quemando la basura. Los látigos sufrieron la misma suerte. Todos los animales saltaron de alegría cuando los vieron arder. Snowball también tiró al fuego las cintas que generalmente adornaban las colas y crines de los caballos en los días de feria.

—Las cintas —dijo— deben considerarse como indumentaria, que es el distintivo de un ser humano. Todos los animales deben permanecer desnudos.

Cuando Boxer oyó esto, tomó el sombrerito de paja que usaba en verano para impedir que las moscas le entrasen en las orejas y lo tiró al fuego con lo demás.

En muy poco tiempo los animales habían destruido todo lo que podía hacerles acordar al dominio del Sr. Jones. Entonces Napoleón llevó a todos los animales al depósito nuevamente y sirvió una doble ración de maíz a cada uno, con dos bizcochos para cada perro. Luego cantaron *Bestias de Inglaterra* de principio a fin siete veces seguidas, y después de eso se acomodaron para pasar la noche y durmieron como nunca antes lo habían hecho.

Pero se despertaron al amanecer, como de costumbre, y, al acordarse repentinamente del glorioso suceso de la noche anterior, se fueron todos juntos a la pradera. Por el camino había una loma desde donde se llegaba a apreciar casi toda la granja. Los animales se apresuraron a llegar a la cima y miraron el paisaje a la luz de la mañana. Sí, era de ellos; ¡todo lo que podían ver era suyo! Poseídos por esta idea, saltaron por todas partes, se lanzaron al aire dando grandes rebotes de alegría. Se revolcaron en el rocío, mordieron la hierba dulce del verano, patearon y levantaron terrones de tierra negra y aspiraron su aroma intenso. Luego hicieron un recorrido por toda la granja, analizándola, y admiraron enmudecidos con admiración la tierra labrada, el campo de heno, la huerta, el estanque, el monte. Era como si nunca hubieran visto esas cosas. Apenas podían creer que todo eso era de ellos.

Volvieron a los edificios de la granja y se detuvieron en silencio ante la puerta de la casa. También era suya, pero tenían miedo de entrar. Sin embargo, apenas un momento después Snowball y Napoleón tumbaron la puerta con sus hombros y los animales entraron en fila, uno detrás del otro, caminando con el mayor de los cuidados por miedo a romper algo. Fueron de puntitas de patas de una habitación a la otra, sin alzar la voz, contemplando con una mezcla de temor y asombro el increíble lujo que había por todos lados: las camas con colchones de plumas, los espejos, el sofá de pelo de crin, la alfombra de Bruselas, la fotografía de la Reina Victoria colgada encima del hogar en la sala. Estaban bajando la escalera cuando se dieron cuenta de que faltaba Mollie. Al volver sobre sus pasos la encontraron en el mejor dormitorio. Había sacado un pedazo de cinta azul de la mesa de luz de la Sra. Jones y se estaba mirando en el espejo con la cinta sobre su hombro como una tonta. Los otros reprobaron su comportamiento y se fueron. Sacaron unos jamones que estaban colgados en la cocina y les dieron una sepultura digna; el barril de cerveza fue destrozado con una patada de Boxer. Fuera de eso, todo el resto de la casa quedó intacto. Ahí mismo se resolvió por unanimidad que la vivienda sería conservada como museo. Estaban todos de acuerdo en que ningún animal debería vivir ahí.

Los animales tomaron el desayuno, y luego Snowball y Napoleón los reunieron a todos otra vez.

—Camaradas —dijo Snowball—, son las seis y media y tenemos un largo día por delante. Hoy debemos cosechar el heno. Pero hay otro asunto que debemos resolver primero. Los cerdos revelaron entonces que, durante los últimos tres meses, habían aprendido a leer y escribir mediante un manual didáctico que había pertenecido a los hijos del Sr. Jones, que encontraron en la basura. Napoleón mandó a traer unos baldes de pintura blanca y negra y los llevó hasta el portón que daba al camino principal. Luego Snowball, que era el que mejor escribía, tomó un pincel entre los dos nudillos de su pata delantera, tachó *Granja Manor* del portón y pintó *Granja de Animales* en su lugar. Ese iba a ser, de ahora en adelante, el nombre de la granja. Después volvieron a los edificios, donde Snowball y Napoleón mandaron traer una escalera que colocaron contra la pared trasera del granero principal. Entonces explicaron que, mediante sus estudios en los últimos tres meses, habían logrado reducir los principios del Animalismo a siete Mandamientos.

Esos siete Mandamientos serían escritos en la pared y formarían una ley que todos los animales debían cumplir desde ese momento en adelante. Con cierta dificultad, porque no es fácil para un cerdo mantener el equilibrio sobre una escalera, Snowball trepó y puso patas a la obra con la ayuda de Squealer que, unos escalones más abajo, sostenía el balde de pintura. Los Mandamientos quedaron escritos sobre la pared alquitranada con letras blancas tan grandes, que podían leerse a treinta metros de distancia. La inscripción decía así:

LOS SIETE MANDAMIENTOS
Todo lo que camina sobre dos patas es un enemigo.
Todo lo que camina sobre cuatro patas, o tiene alas, es un amigo.
Ningún animal usará ropa.
Ningún animal dormirá en una cama.
Ningún animal beberá alcohol.
Ningún animal matará a otro animal.
Todos los animales son iguales.

Estaba escrito muy claramente y exceptuando que donde debía decir "amigo", se leía "imago" y que una de las "S" estaba al revés, la redacción era correcta. Snowball lo leyó en voz alta para los demás. Todos los animales asintieron con una inclinación de cabeza demostrando su total aprobación y los más inteligentes empezaron enseguida a aprenderse de memoria los Mandamientos.

—Ahora, camaradas —gritó Snowball tirando el pincel—, ¡a cosechar! Que sea nuestra labor de honor de terminar la cosecha en menos tiempo del que tardaban Jones y sus hombres.

En ese momento, las tres vacas, que desde hacía un rato parecían intranquilas, empezaron a mugir muy fuertemente. Hacía veinticuatro horas que no habían sido ordeñadas y sus ubres estaban a punto de reventar. Después de pensar un poco, los cerdos mandaron traer unos baldes y ordeñaron a las vacas con gran éxito pues sus pezuñas se adaptaban bastante bien a esa tarea. Rápidamente hubo cinco baldes de leche cremosa y espumosa, que muchos de los animales miraban con gran interés.

—¿Qué va a pasar con toda esa leche? —preguntó alguien.

—Jones a veces mezclaba una parte en nuestra comida —dijo una de las gallinas.

—¡La leche no es algo de qué preocuparse, camaradas! —expuso Napoleón situándose delante de los baldes—. Ya nos ocuparemos de ella. La cosecha es más importante. El camarada Snowball los guiará. Yo los seguiré dentro de unos minutos. ¡Adelante, camaradas! El heno los espera.

Los animales se fueron en grupo hacia el campo de heno para empezar la cosecha y, cuando volvieron al anochecer, notaron que la leche había desaparecido.

Capítulo III

¡Cuánto esfuerzo y sudor invirtieron los animales para cosechar el heno! Pero sus esfuerzos fueron recompensados porque la cosecha resultó incluso mejor de lo que esperaban.

A veces el trabajo era duro; los instrumentos habían sido diseñados para seres humanos, no para animales, y representaba una gran desventaja que ningún animal pudiera usar herramientas ya que obligaban a su portador a apoyarse sobre sus patas traseras. Pero los cerdos eran tan listos que encontraban una solución a cada problema. Los caballos, por su parte, conocían cada centímetro del campo y, en realidad, entendían el trabajo de segar y rastrillar mejor que Jones y sus hombres. Los cerdos en realidad no trabajaban, pero dirigían y supervisaban a los demás. Era natural que ellos asumieran el mando, pues eran animales de inteligencia superior. Boxer y Clover se enganchaban a la segadora o a la rastrilladora (en esos tiempos, naturalmente, no hacían falta embocaduras o riendas) y marchaban con paso firme por el campo con un cerdo caminando detrás y diciéndoles: "Arre, camarada" o "Atrás, camarada", según el caso. Y todos los animales, incluso los más humildes, colaboraban para juntar el heno y amontonarlo. Hasta los patos y las gallinas iban de un lado para el otro bajo el sol, transportando gramas de heno en sus picos. Al final terminaron la cosecha invirtiendo dos días menos de lo que generalmente les tomaba al Sr. Jones y sus hombres. Además, era la cosecha más grande que se había visto en la granja. No hubo desperdicio alguno; las gallinas y los patos con su vista extraordinaria habían levantado hasta el último brote. Y ningún animal de la estancia había robado siquiera un bocado.

Durante todo el verano, el trabajo en la granja funcionó como un reloj. Los animales fueron más felices de lo que nunca habían imaginado. Cada bocado de comida era maravillosamente sabroso, ya que era realmente su propia comida, producida por ellos y para ellos y no repartida por un amo mezquino. Como ya no estaban los infructíferos y parasitarios humanos, había más comida para todos.

Tenían más horas libres también, a pesar de que por inexperiencia no sabían en qué emplearlo. Sin duda se encontraron con muchas dificultades, por ejemplo, cuando cosecharon el maíz, hacia fin de año, cuando tuvieron que pisarlo al estilo antiguo y soplar para eliminar los desperdicios, dado que la granja no tenía desgranadora, pero los cerdos con su inteligencia y Boxer con sus poderosos músculos resolvían siempre cualquier problema que surgiera. Todos admiraban a Boxer. Había sido un gran trabajador aun en el tiempo de Jones, pero ahora más bien semejaba tres caballos que uno; había días en los que parecía que todo el trabajo de la granja recaía sobre sus fuertes hombros. Tiraba y empujaba de la mañana a la noche y siempre donde el trabajo era más duro. Había hecho un trato con un gallo para que lo despertara media hora antes que a los demás, tiempo durante el cual realizar algún trabajo voluntario donde hacía más falta, antes de empezar la tarea normal de todos los días. Su respuesta para cada problema, para cada contratiempo, era: "¡Trabajaré más duro!". Era como su lema personal.

Pero cada quien trabajaba de acuerdo a su capacidad. Las gallinas y los patos, por ejemplo, recuperaron cinco bolsas de maíz durante la cosecha, gracias a su recolección de los granos perdidos. Nadie robaba, nadie se quejaba de su ración. Las discusiones y peleas que solían formar parte de la vida cotidiana habían desaparecido casi por completo. Nadie eludía el trabajo, o casi nadie. Mollie, en verdad, no era muy pronta para madrugar y tenía la costumbre de dejar de trabajar temprano, alegando que se le había metido una piedra en el casco. Y el comportamiento de la gata era algo extraño. Pronto quedó claro que, cuando había trabajo, no se la veía por ninguna parte. Desaparecía durante horas enteras, y luego reaparecía a la hora de la comida o a la noche, cuando el día de trabajo terminaba, como si nada hubiera ocurrido. Pero siempre presentaba unas excusas excelentes y ronroneaba tan cariñosamente, que era imposible dudar de sus buenas intenciones. El viejo Benjamin, el burro, parecía no haber cambiado desde la rebelión. Hacía su trabajo con la misma obstinación y lentitud que antes, nunca eludiéndolo, pero nunca ofreciéndose tampoco para cualquier tarea extra. No opinaba sobre la rebelión o sus resultados. Cuando se le preguntaba si no era más feliz ahora que ya no estaba Jones, se limitaba a contestar:

"Los burros viven mucho tiempo. Ninguno de ustedes ha visto un burro muerto". Y los demás debían conformarse con tan críptica respuesta.

Los domingos no se trabajaba. El desayuno se tomaba una hora más tarde que de costumbre, y después tenía lugar una ceremonia que se cumplía todas las semanas sin excepción. Primero se izaba la bandera. Snowball había encontrado en el depósito un viejo mantel verde de la señora Jones y había pintado en él un cuerno y una pezuña en blanco. Era izada en el mástil del jardín, todos los domingos a la mañana. La bandera era verde, explicó Snowball, para representar los campos verdes de Inglaterra, mientras que el cuerno y la pezuña significaban la futura República de los Animales, que surgiría cuando finalmente lograran derrocar a la raza humana. Después de izar la bandera, todos los animales se dirigían en unidad al granero principal donde tenía lugar una asamblea general, a la que se conocía como "la Reunión". Allí se proyectaba el trabajo de la semana siguiente y se proponían y debatían las decisiones. Los cerdos eran los que siempre las proponían. Los otros animales entendían cómo votar, pero nunca se les ocurrían ideas propias. Snowball y Napoleón eran, sin duda, los que más se involucraban en los debates, pero se notaba que ellos dos nunca estaban de acuerdo. Cuando uno hacía una sugerencia podía darse por sentado que el otro estaría en contra. Hasta cuando se decidió que el pequeño campo ubicado atrás de la huerta sería un hogar de descanso para los animales que ya no estaban en condiciones de seguir trabajando hubo un intenso debate con respecto a la edad de retiro correspondiente a cada animal. La Reunión siempre terminaba con el canto de *Bestias de Inglaterra*. La tarde la dedicaban al ocio.

Los cerdos hicieron del depósito su cuartel general. Todas las noches estudiaban herrería, carpintería y otros oficios necesarios, a partir de los libros que habían rescatado de la casa. Snowball también se ocupó en organizar a los otros en lo que denominaba Comités de Animales. En eso era incansable. Formó el Comité de Producción de Huevos para las gallinas, la Liga de las Colas Limpias para las vacas, el Comité para Reeducación de los Camaradas Salvajes (cuyo objeto era domesticar a las ratas y los conejos), el Movimiento Lana Más Blanca para las ovejas, y varios otros, además de organizar clases de lectura y escritura. En general, estos proyectos resultaron ser un fracaso. El intento de domesticar a los animales salvajes, por ejemplo, falló casi de inmediato. Siguieron portándose igual que antes y cuando eran tratados con generosidad se aprovechaban de la situación. La gata se incorporó al Comité para la Reeducación y participó mucho en él durante algunos días. Una vez la vieron sentada en el techo charlando con algunos gorriones que se mantenían fuera de su alcance. Les decía que ahora todos los animales eran camaradas y que cualquier gorrión que quisiera podía posarse sobre sus garras; pero los gorriones prefirieron abstenerse.

Las clases de lectura y escritura, por el contrario, tuvieron mucho éxito. Para el otoño casi todos los animales, en mayor o menor grado, sabían leer y escribir. Los cerdos ya sabían leer y escribir perfectamente. Los perros aprendieron la lectura bastante bien, pero sólo les interesaba leer los siete mandamientos. Muriel, la cabra, leía un poco mejor que los perros, y a veces, por la noche, realizaba lecturas para los demás de los recortes de diario que encontraba en la basura. Benjamin leía tan bien como cualquiera de los cerdos, pero nunca ejercitaba sus capacidades. Por lo que él sabía, dijo, no había nada que valiera la pena ser leído. Clover aprendió el abecedario completo, pero no podía armar palabras. Boxer no pudo pasar de la letra D. Podía dibujar en la tierra A, B, C, D, con su enorme casco, y luego se quedaba ahí parado, mirando absorto las letras con las orejas caídas, a veces moviendo su crin, tratando, sin éxito, de recordar lo que seguía. En varias ocasiones, es cierto, lograba retener E, F, G, H, pero cuando lo conseguía, descubría que había olvidado A, B, C y D. Finalmente decidió conformarse con las primeras cuatro letras, que solía escribir una o dos veces al día para refrescar su memoria. Mollie se negó a aprender más que las cinco letras que componían su nombre. Las trazaba con mucha dedicación con ramas y luego las adornaba con una flor o dos y caminaba a su alrededor, admirándolas.

Ningún otro animal de la granja pudo pasar de la letra A. También descubrieron que los más tontos, como las ovejas, las gallinas y los patos eran incapaces de aprender de memoria los siete mandamientos. Después de mucho pensar, Snowball declaró que los siete mandamientos podían reducirse a una sola máxima: "¡Cuatro patas sí, dos patas no!". Esto, dijo, contenía el principio esencial del Animalismo. Quien lo hubiera entendido estaría a salvo contra las influencias humanas. Al principio, las aves objetaron, pues les pareció que ellas también tenían solamente dos patas; pero Snowball les demostró que no era así.

—Las alas de los pájaros —explicó— son miembros de propulsión y no de manipulación. Por lo tanto, deben considerarse como patas. La característica que distingue al hombre es la "mano", el instrumento con el cual causa su daño.

Las aves no entendieron del todo la combinación de palabras largas de Snowball pero aceptaron su explicación y hasta los animales más tontos se pusieron a aprender la nueva máxima de memoria. "¡Cuatro patas sí, dos patas no!" fue grabado en la pared del fondo del granero, por encima de los siete mandamientos y con letras más grandes. Cuando las ovejas se la aprendieron de memoria la repetían una y otra vez, hasta cuando descansaban tendidas sobre el campo, pues les encantaba. Su "¡Cuatro patas sí, dos patas no!", se oía durante horas, incansablemente.

Napoleón no se interesó por los comités creados por Snowball. Dijo que la educación de los jóvenes era más importante que cualquier cosa que pudiera hacerse por los adultos. Jessie y Bluebell habían parido poco después de la cosecha del heno. Entre ambas, habían dado a la Granja nueve cachorros fuertes. Tan pronto como dejaron de amamantar, Napoleón los separó de sus madres y dijo que él se haría cargo de su educación. Se los llevó a un desván, al que sólo se podía llegar por una escalera desde el depósito, y ahí los mantuvo en tal grado de aislamiento, que el resto de la granja pronto se olvidó de su existencia.

El misterio del destino de la leche se resolvió pronto: se mezclaba todos los días en la comida de los cerdos. Las primeras manzanas ya estaban madurando, y el césped de la huerta estaba lleno de fruta caída. Los animales asumieron que la fruta sería repartida equitativamente pero un día se dio la orden de que todas las manzanas caídas de los árboles debían ser recolectadas y llevadas al depósito para consumo de los cerdos. Algunos animales se quejaron de esta orden, pero fue en vano. Todos los cerdos estaban de acuerdo en este punto, hasta Snowball y Napoleón. Enviaron a Squealer a dar las explicaciones necesarias.

—Camaradas —gritó—, imagino que no suponen que nosotros los cerdos estamos haciendo esto con un espíritu de egoísmo y de privilegio. En realidad, muchos de nosotros odiamos la leche y las manzanas. A mí personalmente no me caen bien. Nuestro único objeto al comer estos alimentos es preservar nuestra salud. La leche y las manzanas, ha sido demostrado por la Ciencia, camaradas, contienen nutrientes absolutamente necesarios para la salud del cerdo. Nosotros, los cerdos, trabajamos con el cerebro. Toda la administración y organización de esta granja depende de nosotros. Día y noche velamos por *su* felicidad. Es por *su* bien que tomamos esa leche y comemos esas manzanas. ¿Saben lo que ocurriría si los cerdos fracasáramos en nuestra labor? ¡Jones volvería! Sí, ¡Jones volvería! Estoy seguro, camaradas —exclamó Squealer casi suplicante, bailando de un lado a otro y moviendo la cola—, que no hay nadie entre ustedes que desee la vuelta de Jones.

Ciertamente, si había algo de lo que los animales estaban completamente seguros, era de no querer que regrese Jones. Al oír las cosas explicadas de ese modo, no sabían qué decir. La importancia de conservar la salud de los cerdos era demasiado evidente. De manera que se decidió, sin discusión, que la leche y las manzanas caídas de los árboles y también la cosecha principal de manzanas cuando estas maduraran debían reservarse exclusivamente para los cerdos.

Capítulo IV

Para fines de verano, la noticia de lo ocurrido en la *Granja de Animales* se había difundido por casi todo el estado. Todos los días, Snowball y Napoleón enviaban bandadas de palomas que debían mezclarse con los animales de las granjas vecinas y contarles la historia de la Rebelión y enseñarles la canción de *Bestias de Inglaterra*.

Durante la mayor parte de ese tiempo, Jones había permanecido en la taberna "El León Rojo", en Willingdon, quejándose con quien sea que quisiera oírlo de la monstruosa injusticia que había sufrido al ser expulsado de su propiedad por una banda de animales inútiles. Al principio, los otros granjeros se mostraron comprensivos con él, aunque no le dieron demasiada ayuda. En el fondo, cada uno pensaba si no podría sacar provecho de alguna forma de la desgracia de Jones. Era una suerte que los dueños de las dos granjas vecinas de la *Granja de Animales* se llevaran tan mal. Una de ellas, que se llamaba *Foxwood*, era una granja grande, anticuada y descuidada, cubierta de árboles, con sus tierras de pastoreo agotadas y los cercos en un estado lamentable. Su propietario, el Sr. Pilkington, era un agricultor señorial que pasaba la mayor parte del tiempo pescando o cazando, según la estación del año. La otra granja, que se llamaba *Pinchfield*, era más pequeña y estaba mejor cuidada. Su dueño, un tal Frederick, era un hombre duro, astuto, que estaba siempre metido en algún problema y que tenía fama de ser un excelente negociador. Los dos se odiaban tanto que era difícil que se pusieran de acuerdo, aun en defensa de sus propios intereses. No obstante, ambos estaban completamente asustados por la rebelión de la *Granja de Animales* y muy interesados por evitar que sus animales llegaran a saber mucho del tema. Al principio, simularon reírse y desestimaron la idea de que unos animales administren su propia granja. "Todo este asunto se terminará en unos días", se decían. Afirmaban que los animales en la "Granja Manor" (insistían en llamarla "Granja Manor" pues no podían tolerar decirle *Granja de Animales*), se peleaban constantemente entre sí y terminarían muriéndose de hambre muy pronto. Pasado algún tiempo, cuando fue evidente que los animales no morirían de hambre, Frederick y Pilkington cambiaron de ángulo y empezaron a hablar de las terribles maldades que se cometían en la *Granja de Animales*. Difundieron el rumor de que los animales practicaban canibalismo, se torturaban unos a otros con herraduras calentadas al rojo vivo y compartían a sus hembras libremente. "Ese es el resultado de rebelarse contra las leyes de la Naturaleza", sostenían Frederick y Pilkington.

Sin embargo, nadie nunca dio mucho crédito a esos cuentos. Los rumores de una granja maravillosa de la que se había expulsado a los seres humanos, en la que los animales manejaban sus propios asuntos, continuaron circulando en forma vaga y distorsionada, y durante todo ese año se extendió una ola de rebeldía en la región. Toros que siempre habían sido dóciles se volvieron repentinamente salvajes; había ovejas que rompían los cercos y devoraban el trébol; vacas que volcaban los baldes cuando las ordeñaban; caballos de caza que se negaban a saltar las vallas y que lanzaban a sus jinetes por encima de sus orejas. Pero por sobre todo, se escuchaba en todo el estado un tarareo e incluso a veces la letra misma de *Bestias de Inglaterra*. Se había difundido con una velocidad asombrosa. Los seres humanos no podían detener su rabia cuando oían esta canción, aunque decían que era simplemente ridícula. Decían no poder entender cómo los animales podían prestarse a cantar algo tan tonto. Todo animal que fuera sorprendido cantándola recibía un azote en el acto. Sin embargo, la canción resultó irreprimible: los mirlos la silbaban en los cercos, las palomas la arrullaban en los álamos y hasta se reconocía en el ruido de las cigarras y en el sonar de las campanas de las iglesias. Y cuando los seres humanos la escuchaban temblaban secretamente ante la sensación ominosa que acompañaba a los versos.

A principios de octubre, cuando el maíz ya se había cortado y guardado y parte del mismo ya había sido secado, una bandada de palomas cruzó la granja a toda velocidad y se posó, muy agitada, en el patio de Granja de Animales. Jones y todos sus peones, con media docena más de hombres de Foxwood y Pinchfield, habían cruzado el portón y se aproximaban por el sendero hacia la casa. Todos portaban palos, exceptuando al Sr. Jones, que marchaba adelante con una escopeta en mano.

No cabía duda de que iban a tratar de recuperar la granja. Hacía tiempo que esto estaba previsto y, en consecuencia, se habían adoptado los preparativos necesarios. Snowball, que había estudiado las campañas de Julio César en un viejo libro que había encontrado en la casa, estaba a cargo de las operaciones defensivas. Dio las órdenes rápidamente y en cuestión de pocos minutos, cada animal ocupaba su puesto de combate.

Cuando los seres humanos se acercaron a los edificios de la granja, Snowball lanzó su primer ataque. Todas las palomas, un total de treinta y cinco, volaban sobre las cabezas de los hombres y los ensuciaban desde lo alto; y mientras los hombres estaban preocupados eludiendo lo que les caía encima, los gansos, escondidos detrás del cerco, los atacaron picoteándoles las piernas furiosamente. Pero esto era una simple distracción que buscaba armar un poco de desorden, y los hombres ahuyentaron fácilmente a los gansos con sus palos. Fue entonces que Snowball lanzó la segunda línea de ataque: Muriel, Benjamin y todas las ovejas, con Snowball a la cabeza, avanzaron rodeando y embistiendo a los hombres mientras Benjamin les daba coces con sus patas traseras. Pero, de nuevo, los hombres, con sus palos y sus botas claveteadas, fueron demasiado fuertes para ellos, y repentinamente, al oírse el chillido de Snowball, que era la señal de retirada, todos los animales dieron media vuelta y se metieron al establo.

Los hombres lanzaron un grito de triunfo. Vieron, imaginaron, que sus enemigos escapaban y corrieron tras ellos desordenadamente. Eso era precisamente lo que Snowball esperaba. Tan pronto como estuvieron dentro del granero, los tres caballos, las tres vacas y los demás cerdos, que habían estado vigilantes en el establo, aparecieron repentinamente detrás de ellos, cortándoles el paso. Snowball dio la señal de ataque. Él mismo se lanzó sobre el Sr. Jones, que, al verlo venir, le apuntó con su escopeta y disparó. Los perdigones dejaron sus huellas sangrientas en el lomo de Snowball, y una oveja cayó muerta. Sin vacilar un instante, Snowball lanzó sus noventa kilos contra las piernas de Jones, que cayó sobre una pila de estiércol y la escopeta se le escapó de las manos. Pero el espectáculo más aterrador era el de Boxer, encabritado sobre sus patas traseras y peleando como un semental con sus enormes cascos herrados. Su primer golpe lo recibió un peón de la caballeriza de Foxwood en la cabeza y quedó muerto, tendido en el barro. Al ver esto, varios hombres, sucumbiendo al pánico, dejaron caer sus palos e intentaron escapar. En ese momento, los animales estaban corriendo tras ellos por todo el terreno. Los corneaban, coceaban, mordían y pisaban. No hubo ni un animal en la granja que no se vengara a su manera. Hasta la gata saltó repentinamente desde un techo sobre la espalda de un hombre y le clavó sus garras en el cuello, causando que gritara horriblemente. En el momento en que la salida estuvo despejada, los hombres aprovecharon para poder escapar hacia el camino principal. Y así, a los cinco minutos de su invasión, se hallaban en vergonzosa retirada por donde habían venido, con una bandada de gansos picoteándoles las piernas a lo largo de todo el camino.

Todos los hombres se habían ido, menos uno. En el establo, Boxer empujó con la pata al hombre que yacía boca abajo en el barro, tratando de darle vuelta. El muchacho no se movía.

—Está muerto —dijo Boxer tristemente—. No tuve intención de matarlo. Me olvidé de que tenía herraduras. ¿Quién va a creer que no hice esto a propósito?

—Nada de sentimentalismo, camarada —gritó Snowball, cuyas heridas aún sangraban—. La guerra es la guerra. El único ser humano bueno es el que ya no respira.

—Yo no deseo quitar una vida, ni siquiera humana —repitió Boxer con los ojos llenos de lágrimas.

—¿Dónde está Mollie? —preguntó alguien.

En efecto, faltaba Mollie. Por un momento se alarmaron; se temió que los hombres la hubieran lastimado de alguna forma, o tal vez que se la hubiesen llevado. Al final, la encontraron escondida en el granero con la cabeza enterrada en el heno. Se había escapado cuando sonó el tiro de la escopeta. Y, cuando los otros volvieron al establo después de buscarla, se encontraron con que el hombre, que en realidad sólo se había desmayado, se había repuesto y huido. Los animales se reunieron, muy exaltados, cada uno contando a los gritos sus hazañas en la batalla. En seguida se improvisó una celebración de la victoria. Se izó la bandera verde y se cantó varias veces

Bestias de Inglaterra. Luego se le dio sepultura solemne a la oveja que murió en la batalla y clavaron una rama de espino sobre su tumba. Snowball dio un discurso, recalcando la necesidad de que todos los animales estuvieran dispuestos a morir por *Granja de Animales*, de ser necesario.

Los animales decidieron unánimemente crear una condecoración militar: "Héroe Animal de Primera", que les fue otorgada en ese mismo instante a Snowball y Boxer. Consistía en una medalla de bronce (en realidad eran unos adornos de lata que habían encontrado en el depósito), que debía usarse los domingos y días de fiesta. También se creó la de "Héroe Animal de Segunda", que le fue otorgada a la oveja muerta póstumamente.

Se discutió mucho acerca del nombre que debía darle a la batalla. Al finarse la llamó la "Batalla del Establo de las Vacas", pues fue ahí donde se realizó la emboscada. La escopeta del Sr. Jones fue hallada en el barro y se sabía que en la casa había una provisión de cartuchos. Se decidió colocar la escopeta al pie del mástil, como si fuera una pieza de artillería, y dispararla dos veces al año; una vez, el veintinueve de abril, aniversario de la "Batalla del Establo de las Vacas", y la otra, el día de San Juan, aniversario de la Rebelión.

Capítulo V

A medida que se acercaba el invierno, Mollie se volvió más y más conflictiva. Llegaba tarde al trabajo por las mañanas con el pretexto de que se había quedado dormida, quejándose de malestares misteriosos, aun cuando su apetito se mantenía invariable. Escapaba del trabajo bajo cualquier excusa para ir al bebedero, donde se quedaba parada mirando su reflejo en el agua como una tonta. Pero también había rumores de algo más grave. Un día en el que Mollie entraba alegremente en el patio, moviendo su larga cola y mascando un tallo de heno, Clover la llamó para hablar a solas.

—Mollie —le dijo—, tengo algo muy serio que decirte. Esta mañana te vi mirando por encima del cerco que separa a la Granja de Animales de Foxwood. Uno de los hombres del señor Pilkington estaba situado al otro lado del cerco. Y yo estaba algo lejos, pero estoy casi segura de haber visto que él te habló y vos le permitiste que te acariciara. ¿Qué significa eso, Mollie?

—¡Él no hizo nada! ¡Yo no estaba ahí! ¡No es verdad! —gritó Mollie, haciendo berrinche y pateando el suelo.

—¡Mollie! Mírame a la cara. ¿Me das tu palabra de que ese hombre no te estaba acariciando el hocico?

—¡No es verdad! —repitió Mollie, pero no podía mirar a la cara a Clover, e inmediatamente se escapó, huyendo al galope hacia el campo.

A Clover se le ocurrió algo. Sin decir nada a nadie, se fue al establo de Mollie y revolvió la paja con su pata. Escondido bajo la paja, había un montoncito de terrones de azúcar y varias tiras de cintas de distintos colores. Tres días después Mollie desapareció. Durante varias semanas no se supo nada de ella. Luego las palomas mencionaron que la habían visto al otro lado de Willingdon. Estaba atada entre las varas de un coche elegante pintado de rojo y negro, que se encontraba detenido frente a una taberna. Un hombre gordo, de cara colorada, con pantalones a cuadros y polainas, que parecía un cantinero, le estaba acariciando el hocico y dándole de comer azúcar. El pelaje de Mollie estaba recién cortado y llevaba una cinta colorada en la crin. "Daba la impresión de que estaba feliz", dijeron las palomas. Ninguno de los animales volvió a mencionar a Mollie.

En enero hizo un frío polar. La tierra parecía de hierro y no se podía hacer nada en el campo. Se realizaron muchas reuniones en el granero principal; los cerdos se ocuparon de armar planes para la temporada siguiente. Se llegó a aceptar que los cerdos, que eran manifiestamente más inteligentes que los demás animales, resolverían todas las cuestiones referentes al manejo de la granja, aunque sus decisiones debían ser ratificadas por mayoría de votos. Este arreglo hubiera resultado bastante bien a no ser por las discusiones entre Snowball y Napoleón. Los dos estaban en desacuerdo en todos los puntos donde era posible que lo estuvieran. Si uno de ellos sugería sembrar un mayor número de hectáreas con cebada, con toda seguridad el otro iba a exigir un número aún más grande de hectáreas con avena; y si uno afirmaba que tal o cual terreno estaba en buenas condiciones para el repollo, el otro decía que era prudente era sembrar papas. Cada cual tenía su séquito por lo que en cada Reunión se registraban debates violentos. En muchas ocasiones, Snowball con sus brillantes discursos llegaba a convencer a la mayoría, pero Napoleón le ganaba cuando se trataba de obtener apoyo entre sesiones. Particularmente sucedía con las ovejas quienes adquirieron la costumbre de decir "Cuatro patas sí, dos pies no" en cualquier momento, interrumpiendo con ello la Reunión. Y se notó que esto ocurría precisamente en momentos decisivos de los discursos de Snowball. Este había llevado a cabo un estudio profundo de algunos números pasados de la revista *Granjero y Ganadero* encontrados en la casa y estaba lleno de planes para realizar innovaciones y mejoras. Hablaba como un erudito, de zanjas de desagüe, ensilados y abonos, y había elaborado un complicado sistema para que todos los animales dejaran caer su estiércol directamente sobre los campos, cada día en un lugar distinto, con objetivo de ahorrar el trabajo de transportarlo. Napoleón no presentó ningún plan propio, pero decía en susurros que los de Snowball se quedarían en nada y parecía estar esperando algo. Pero de todas sus controversias, ninguna fue tan reñida como la que tuvo lugar por el molino de viento.

En la larga pradera, cerca de los edificios, había una pequeña loma que era el punto más alto de la granja. Después de estudiar el terreno, Snowball declaró que aquel era el lugar indicado para un molino de viento, con el cual se podía hacer funcionar un generador y suministrar electricidad para la granja. Este daría luz para los cubículos de los animales y los calentaría en el invierno, y también haría funcionar una sierra circular, una desgranadora, una cortadora y una ordeñadora eléctrica. Los animales nunca habían oído hablar de esas cosas pues la granja era anticuada y solo contaba con la maquinaria más primitiva, y escuchaban asombrados a Snowball mientras este les describía cuadros de maquinarias fantásticas que trabajarían por ellos, mientras ellos pastaban tranquilamente en los campos o enriquecían sus mentes mediante la lectura y la conversación.

En pocas semanas los planos de Snowball para el molino de viento estaban completados. Los detalles técnicos provenían principalmente de tres libros que habían pertenecido al Sr. Jones: *Mil cosas útiles que realizar en la casa*, *Cada hombre puede ser su albañil* y *Electricidad para principiantes*. Snowball usaba como estudio un cobertizo que en algún momento se había usado para incubadoras y tenía un suelo de madera liso, apropiado para dibujar. Se encerraba en él durante horas enteras. Mantenía sus libros abiertos gracias a una piedra y, empuñando un pedazo de tiza, se movía rápidamente de un lado a otro, dibujando línea tras línea y profiriendo pequeños chillidos de entusiasmo. Gradualmente sus planos se transformaron en una masa complicada de manivelas y engranajes que cubrían más de la mitad del suelo, y que los demás animales encontraron completamente indescifrables pero muy impresionantes. Todos iban a mirar los planos de Snowball por lo menos una vez al día. Hasta las gallinas y los patos iban, teniendo sumo cuidado de no pisar los trazos hechos con tiza. Únicamente Napoleón se mantenía a distancia. Él se había declarado en contra del molino de viento desde el principio. Un día, sin embargo, llegó de forma inesperada con el propósito de examinar los planos. Caminó lentamente por ahí, observó con cuidado cada detalle, y hasta olfateó en uno o dos lugares; después se paró un rato, mientras los contemplaba de reojo; luego, repentinamente, levantó la pata, orinó sobre los planos y se alejó sin decir palabra.

Toda la granja estaba profundamente dividida en el asunto del molino de viento. Snowball no negaba que la construcción significaría un trabajo difícil. Tendrían que recolectar piedras y levantar paredes con ellas, luego construir las aspas y después de todo eso, necesitarían engranajes y cables (aunque Snowball no explicaba de qué modo se obtendrían esas cosas). Pero sostenía que todo podría hacerse en un año. Y en adelante, declaró, se ahorraría tanto trabajo, que los animales sólo tendrían tres días laborables por semana. Napoleón, por el contrario, sostenía que la gran necesidad del momento era aumentar la producción de alimentos, y que si perdían el tiempo con el molino de viento, todos morirían de hambre. Los animales se agruparon en dos facciones bajo los lemas: "Vote por Snowball y la semana de tres días" y "Vote por Napoleón y las panzas llenas". Benjamin era el único animal que no se alistó en ninguno de los dos bandos. Se negó a creer que habría más abundancia de comida o que el molino de viento ahorraría trabajo. "Con molino o sin molino —dijo—, la vida seguirá como siempre ha sido, es decir, un desastre."

Aparte de las discusiones referidas al molino, estaba la cuestión de la defensa de la granja. Se comprendía perfectamente que, aunque los seres humanos habían sido derrotados en la Batalla del Establo de las Vacas, podrían hacer otro intento, más eficaz que la anterior, para recuperar la granja y restaurar al Sr. Jones. Tenían aún mayores motivos para hacerlo, pues la noticia de la derrota se difundió por los alrededores y había vuelto a los animales de granjas vecinas más descontentos que nunca. Como de costumbre, Snowball y Napoleón estaban en desacuerdo. Según Napoleón, lo que debían hacer los animales era conseguir armas de fuego y aprender a manejarlas. Snowball opinaba que debían mandar cada vez más palomas y fomentar la rebelión entre los animales de las otras granjas. Uno argumentaba que si no podían defenderse estaban destinados a ser conquistados; el otro respondía que si había rebeliones en todas partes no tendrían necesidad de defenderse. Los animales escucharon primero a Napoleón, luego a Snowball, y no podían decidir quién tenía razón. A decir verdad, siempre estaban de acuerdo con el que les estaba hablando en ese momento.

Al fin llegó el día en que Snowball completó sus planos. En la Reunión del domingo siguiente se iba a poner a votación si se comenzaba o no a construir el molino de viento. Cuando los animales estaban reunidos en el granero principal, Snowball se levantó y, aunque de vez en cuando era interrumpido por las ovejas, expuso sus razones para apoyar la construcción del molino. Luego Napoleón se levantó para contestar. Dijo tranquilamente que el molino de viento era una tontería y que él aconsejaba que nadie lo votara. Inmediatamente se sentó. Había hablado apenas treinta segundos, y parecía indiferente al efecto que habían producido sus palabras. A continuación, Snowball se puso de pie de un salto, y gritando para poder ser oído a pesar de las ovejas, que nuevamente habían comenzado a hablar, se desató en un monólogo apasionado a favor del molino de viento. Hasta entonces los animales estaban divididos más o menos por igual en sus simpatías, pero en un instante, la elocuencia de Snowball los había convencido. Con frases ardientes les pintó un paisaje de cómo podría ser *Granja de Animales* cuando el trabajo fuera quitado de las espaldas de los animales. Su imaginación había ido mucho más allá de las desgranadoras y las segadoras. "La electricidad —dijo— podría mover las trilladoras, los arados, las rastrilladoras, los rodillos, las segadoras y las atadoras, además de suministrar a cada cuadra su propia luz eléctrica, agua fría y caliente, y un calentador eléctrico." Cuando dejó de hablar, no quedaba duda alguna sobre el resultado de la inminente votación. Pero Napoleón rápidamente se levantó y, lanzando una extraña mirada de reojo a Snowball, emitió un chillido agudo y estridente como nunca se le había oído hacer.

En ese momento se escucharon unos terribles ladridos que llegaban desde afuera y nueve enormes perros que llevaban puestos unos collares con tachas puntiagudas, irrumpieron en el granero y se lanzaron directamente sobre Snowball quien saltó de su sitio justo a tiempo para esquivar esos feroces colmillos. En un instante, salió por la puerta con los perros tras él. Demasiado asombrados y asustados para poder decir nada, todos los animales se agolparon en la puerta para mirar la persecución. Snowball huía a toda velocidad a través de la larga pradera que conducía a la calle principal. Corría como sólo podría hacerlo un cerdo, pero los perros iban pisándole los talones. De repente se patinó y pareció que iba a ser acabado por los perros, pero recuperó el equilibrio siguió corriendo más veloz que antes. Pero esa caída le costó distancia, pues los perros iban ganándole terreno. Uno de ellos estaba a punto de cerrar sus mandíbulas sobre la cola de Snowball pero el cerdo pudo quitarla de entre los colmillos justo a tiempo. Haciendo un esfuerzo supremo logró escabullirse por un agujero del cerco, y ponerse a salvo.

Silenciosos y aterrados, los animales volvieron sigilosamente al granero. Los perros también entraron al granero dando grandes brincos. Al principio nadie pudo imaginarse de dónde habían salido aquellas bestias, pero el problema fue aclarado en seguida; eran los cachorros que Napoleón había quitado a sus madres y criado en aislamiento. Aunque aún no estaban completamente desarrollados, eran unos perros inmensos y feroces como lobos. No se alejaban nunca de Napoleón. Y se observó que ante él meneaban la cola como los otros perros acostumbraban hacerlo con el Sr. Jones.

Napoleón, con los canes tras él, subió a la plataforma que ocupó el Mayor cuando pronunció su histórico discurso. Anunció que desde ese momento se habían terminado las reuniones de los domingos por la mañana. Eran innecesarias, dijo, y hacían perder tiempo. En el futuro todas las cuestiones relacionadas con el manejo de la granja serían resueltas por una comisión especial de cerdos, presidida por él. Estos se reunirían en privado y luego comunicarían sus decisiones a los demás. Los animales se reunirían los domingos por la mañana para saludar la bandera, cantar *Bestias de Inglaterra* y recibir sus órdenes para la semana; pero no habría más debates. La expulsión de Snowball les había causado una gran impresión, y este anuncio abrumó a los animales. Algunos de ellos habrían protestado si hubieran dispuesto de los argumentos apropiados. Hasta Boxer estaba un poco aturdido. Apuntó sus orejas hacia atrás, agitó su crin varias veces y trató con esfuerzo de ordenar sus pensamientos; pero al final no se le ocurrió nada que decir. Algunos cerdos, sin embargo, eran más elocuentes. Cuatro jóvenes puercos de la primera fila emitieron agudos gritos de desaprobación, y todos ellos se pusieron en pie bruscamente y comenzaron a hablar al mismo tiempo. Pero, repentinamente, los perros que estaban sentados alrededor de Napoleón gruñeron amenazadores y los cerdos se callaron y se volvieron a sentar. Entonces las ovejas interrumpieron con un tremendo balido de "¡Cuatro patas sí, dos pies no!", que continuó durante casi un cuarto de hora y puso fin a todo intento de discusión.

Luego Squealer fue enviado por toda la granja para explicar las nuevas decisiones a los demás.

—Camaradas —dijo—, espero que todos los animales presentes se den cuenta y aprecien el sacrificio que ha hecho el camarada Napoleón al cargar con este trabajo adicional. ¡No se crean, camaradas, que ser jefe es un placer! Por el contrario, es una profunda y pesada responsabilidad. Nadie cree más firmemente en la igualdad entre animales que el camarada Napoleón. Estaría muy contento de dejarles tomar sus propias decisiones. Pero algunas veces podrían adoptar decisiones equivocadas, camaradas. ¿Y dónde estaríamos entonces nosotros? Supónganse que ustedes se hubieran decidido seguir a Snowball, con sus disparatados molinos; Snowball, que, como sabemos ahora, no era más que un criminal...

—Él peleó valientemente en la Batalla del Establo de las Vacas —dijo alguien.

—La valentía no es suficiente —afirmó Squealer—. La lealtad y la obediencia son más importantes. Y en cuanto a la Batalla del Establo de las Vacas, yo creo que llegará un día en el que demostraremos que el rol de Snowball ha sido sobredimensionado. ¡Disciplina, camaradas, disciplina de hierro! Esa es la consigna para hoy. Un paso en falso, y nuestros enemigos caerían sobre nosotros. Sin duda, camaradas, ustedes no desean el retorno de Jones, ¿verdad?

Nuevamente este argumento resultó irrefutable. Claro está que los animales no querían que volviera Jones. Si la celebración de los debates de los domingos por la mañana podía implicar su regreso, entonces debían eliminarse. Boxer, que había tenido tiempo de ordenar sus ideas, expresó la opinión general diciendo: "Si el camarada Napoleón lo dice, debe de estar en lo cierto". Y desde ese momento adoptó la consigna: "Napoleón siempre tiene razón", que añadió a su lema "Trabajaré más fuerte". Para entonces el tiempo había cambiado y comenzó la rotación de primavera. El cobertizo donde Snowball dibujara los planos del molino de viento fue clausurado y se suponía que los planos habían sido borrados del suelo. Todos los domingos, a las diez de la mañana, los animales se reunían en el granero principal para recibir sus órdenes para la semana. Habían desenterrado de la huerta el cráneo del Viejo Mayor, ya sin rastros de carne, que colocaron sobre un poste al pie del mástil, junto a la escopeta. Después de izar la bandera, los animales debían desfilar en forma reverente ante el cráneo antes de entrar en el granero. Ya no se sentaban todos juntos, como solían hacerlo anteriormente. Napoleón, con Squealer y otro cerdo llamado Mínimus, que poseía un don extraordinario para componer canciones y poemas, se sentaban sobre la plataforma, con los nueve perros jóvenes formando un semicírculo alrededor, y los otros cerdos sentados tras ellos. Los demás animales se situaban enfrente, en el cuerpo principal del granero. Napoleón les leía las órdenes para la semana en un áspero estilo militar, y después de cantar una sola vez *Bestias de Inglaterra*, todos los animales se dispersaban.

El tercer domingo después de la expulsión de Snowball, los animales se sorprendieron un poco al oír a Napoleón anunciar que, después de todo, el molino de viento sería construido. No dio ninguna explicación por aquel cambio de parecer, pero simplemente advirtió a los animales que esta tarea extraordinaria significaría un trabajo muy duro; tal vez sería necesario reducir las raciones. Los planos, sin embargo, habían sido preparados hasta el menor detalle. Una comisión especial de cerdos estuvo trabajando sobre los mismos, durante las últimas tres semanas. La construcción del molino, junto con otras mejoras planeadas, llevaría dos años de trabajo.

Esa misma noche, Squealer les explicó privadamente a los otros animales que en realidad Napoleón nunca había estado en contra del molino. Por el contrario, fue él quien luchó por su construcción y que el plano que dibujara Snowball sobre el suelo del cobertizo de las incubadoras en verdad fue robado de los papeles de Napoleón. El molino de viento era realmente una creación del propio Napoleón.

—¿Por qué, entonces —preguntó alguien—, se manifestó él tan firmemente contra el molino?

Squealer puso cara astuta y contestó:

—Eso fue viveza del camarada Napoleón. Él había *aparentado* oponerse al molino, pero simplemente como una maniobra para deshacerse de Snowball, que era un sujeto peligroso y de influencia nociva. Ahora que Snowball fue eliminado, el plan puede llevarse adelante sin su interferencia. Esto —dijo Squealer— es lo que se llama táctica.

Lo repitió varias veces, saltando y moviendo la cola con una risita alegre.

—¡Táctica, camaradas, táctica!

Los animales no tenían certeza acerca del significado de la palabra, pero Squealer habló tan persuasivamente y tres de los perros que se hallaban con él, gruñeron en forma tan amenazante, que aceptaron su explicación sin hacer más preguntas.

Capítulo VI

Todo ese año, los animales trabajaron como esclavos. Pero eran felices en su tarea; no escatimaron esfuerzo, pues sabían que todo lo que ellos hacían era para su propio beneficio y para los de su misma especie que vendrían después, y no para unos cuantos seres humanos rapaces y haraganes.

Durante toda la primavera y el verano trabajaron sesenta horas por semana, y en agosto Napoleón anunció que también tendrían que trabajar los domingos por la tarde. Ese trabajo era estrictamente voluntario, pero el animal que no trabajara vería reducida su ración a la mitad. Aun así, fue necesario dejar varias tareas sin hacer. La cosecha fue algo menos abundante que el año anterior, y dos parcelas que debían haberse sembrado con papas a principios del verano, no lo fueron porque no se terminaron de arar a tiempo. Era fácil prever que el invierno siguiente sería duro.

El molino de viento presentó dificultades inesperadas. Había un buen acantilado de piedra caliza en la granja, y se encontró bastante arena y cemento en una de los edificios, de modo que tenían a mano todos los materiales necesarios para la construcción. Pero el problema, que en un principio no pudieron resolver los animales, fue el de cómo partir la piedra en pedazos del tamaño apropiado. Aparentemente no había forma de hacerlo, excepto con picos y palancas de hierro, que no podían usar, porque ningún animal estaba en condiciones de sostenerse sobre sus patas traseras. Después de varias semanas de esfuerzos inútiles, se le ocurrió a uno la idea de utilizar la fuerza de la gravedad. Inmensas piedras, demasiado grandes para usarlas tal como estaban, se encontraban por todas partes en el fondo del acantilado. Los animales las amarraban con sogas, y luego todos juntos, vacas, caballos, ovejas, cualquiera que pudiera tirar de la soga —hasta los cerdos a veces colaboraban en los momentos críticos— las arrastraban con una lentitud desesperante por la ladera hasta la cumbre del monte, desde donde las dejaban caer por el borde, para que se rompieran en pedazos al chocar con el fondo. El trabajo de transportar la piedra una vez partida era relativamente sencillo. Los caballos llevaban los trozos en carretas, las ovejas las arrastraban una a una, y hasta Muriel y Benjamin, hacían su parte tirando de un viejo sulky. A fines de verano habían acumulado una buena provisión de piedra, y fue entonces cuando se inició la construcción del molino, bajo la supervisión de los cerdos.

Era un proceso lento y laborioso. Con frecuencia les tomaba un día entero de esfuerzo agotador arrastrar una sola piedra hasta la cumbre del acantilado, y a veces, cuando la tiraban por el precipicio, no se rompía. No hubieran podido lograr nada sin Boxer, cuya fuerza parecía igualar a la de todos los demás animales juntos. Cuando la piedra empezaba a resbalar y los animales gritaban desesperados al verse arrastrados por la ladera hacia abajo, era siempre Boxer quien, tirando de la soga como un preso, lograba detener la piedra. Verlo arrastrando hacia arriba por la pendiente, pulgada tras pulgada, jadeante, clavando las puntas de sus cascos en la tierra, y sus enormes flancos sudorosos, llenaba a todos de admiración. Clover a veces le advertía que tuviera cuidado y no se esforzara demasiado, pero Boxer jamás le hacía caso. Sus dos lemas:

"Trabajaré más fuerte" y "Napoleón siempre tiene razón", le parecían respuesta satisfactoria para todos los problemas. Se había puesto de acuerdo con el gallo para que este lo despertara por la mañana tres cuartos de hora más temprano, en vez de media hora. Y en sus ratos libres, de los cuales disponía de muy pocos en esos días, se iba al monte, juntaba un montón de pedazos de piedra y los arrastraba por sí solo hasta el emplazamiento del molino.

Los animales no lo pasaron tan mal durante ese verano, a pesar de la dureza de su trabajo. Si no disponían de más comida de la que habían dispuesto en los tiempos de Jones, tampoco tenían menos. La felicidad de alimentarse a sí mismos y no tener que mantener también a cinco seres humanos inútiles, era tan grande, que se hubieran necesitado muchos fracasos para perderla. Y en muchas situaciones, el método animal de hacer las cosas era más eficiente que el humano y ahorraba trabajo. Algunas tareas, como por ejemplo sacar las malezas, se podían hacer con una eficacia imposible para los seres humanos. Y además, dado que ningún animal robaba, no fue necesario hacer alambradas para separar los prados de la tierra cultivable, lo que economizó mucho trabajo en la conservación de los cercos y las vallas. Sin embargo, a medida que avanzaba el verano, se empezó a notar la escasez imprevista de varias cosas. Faltaba de aceite de parafina, clavos, galletas para los perros y hierro para las herraduras de los caballos, nada de lo cual se podía producir en la granja.

Más adelante también harían falta semillas y abonos artificiales, además de diversas herramientas y, finalmente, lo más importante: la maquinaria para el molino de viento. Nadie podía imaginar cómo se iban a obtener todos estos elementos.

Un domingo por la mañana, cuando los animales se reunieron para recibir sus órdenes, Napoleón anunció que había decidido adoptar un nuevo sistema. En adelante, *Granja de Animales* iba a negociar con las granjas vecinas; y por supuesto no con algún propósito comercial, sino simplemente con el fin de obtener ciertos materiales que hacían falta con urgencia. "Las necesidades del molino están por encima de todo lo demás", afirmó. En consecuencia, estaba tomando las medidas necesarias para vender una parte del heno y otra de la cosecha de trigo de ese año, y más adelante, si necesitaban más dinero, tendrían que obtenerlo mediante la venta de huevos, para los cuales siempre había mercado en Willingdon.

—Las gallinas —dijo Napoleón— deben recibir con agrado este sacrificio como aporte especial a la construcción del molino.

Nuevamente los animales se sintieron presos de una vaga inquietud. "Nunca tener trato alguno con los humanos, nunca dedicarse a comerciar, nunca usar dinero", ¿no fueron esas las primeras disposiciones adoptadas en aquella reunión triunfal, después de haberse expulsado al Sr. Jones? Todos los animales recordaron haber aprobado tales resoluciones o, por lo menos, creían recordarlo. Los cuatro jóvenes cerdos que habían protestado cuando Napoleón abolió las reuniones, alzaron sus voces tímidamente, pero fueron silenciados de inmediato por el feroz gruñido de los perros. Entonces, como de costumbre, las ovejas irrumpieron con su "¡Cuatro patas sí, dos pies no!". Finalmente, Napoleón levantó la pata para imponer silencio y anunció que ya había decidido todos los convenios. No habría necesidad de que ninguno de los animales entrara en contacto con los seres humanos, lo que sería indeseable. Tenía la intención de tomar todo el peso de las decisiones sobre sus propios hombros. Un tal señor Whymper, un comisionista que vivía en Willingdon, había accedido a actuar de intermediario entre *Granja de Animales* y el mundo exterior, y visitaría la granja todos los lunes por la mañana para recibir instrucciones. Napoleón finalizó su discurso con el grito usual de "¡Viva la Granja de Animales!", y después de cantar *Bestias de Inglaterra*, despidió a los animales.

Luego Squealer dio una vuelta por la granja y tranquilizó a los animales. Les aseguró que la resolución prohibiendo comerciar y usar dinero nunca había sido aprobada, ni siquiera sugerida. Era pura imaginación, probablemente atribuible a mentiras difundidas por Snowball. Algunos animales aún tenían ciertas dudas, pero Squealer les preguntó astutamente: "¿Están seguros de que eso no es algo que han soñado, camaradas? ¿Tienen constancia de tal resolución? ¿Está anotado en alguna parte?". Y puesto que era cierto que nada de eso constaba por escrito, los animales quedaron convencidos de que estaban equivocados.

Todos los lunes el señor Whymper visitaba la granja, tal como se había acordado. Era un hombre bajito, astuto, de patillas anchas, un comisionista al por menor, pero lo suficientemente listo para darse cuenta, antes que cualquier otro, que la Granja de Animales iba a necesitar un agente y que las comisiones valdrían la pena. Los animales observaban su ir y venir con cierto temor, y lo eludían en todo lo posible. Sin embargo, la visión de Napoleón, sobre sus cuatro patas, dándole órdenes a Whymper, que se tenía sobre sus dos pies, despertó su orgullo y los reconcilió en parte con la nueva situación. Sus relaciones con la raza humana no eran como habían sido antes. Los seres humanos no odiaban menos a la Granja de Animales, ahora que estaba prosperando; al contrario, la odiaban más que nunca. Cada ser humano estaba seguro que, tarde o temprano, la granja iba a declararse en quiebra, y sobre todo, que el molino de viento sería un fracaso. Se reunían en las tabernas y se demostraban los unos a los otros, por medio de diagramas, que el molino estaba destinado a caerse o, si se mantenía en pie, que jamás funcionaría. Y, sin embargo, contra su voluntad, llegaron a tener cierto respeto por la eficiencia con que los animales estaban administrando sus propios asuntos.

Uno de los síntomas de esto fue que empezaron a llamar a la Granja de Animales por su verdadero nombre y dejaron de pretender que se llamara "Granja Manor". También desistieron de apoyar a Jones, el cual había perdido las esperanzas de recuperar su granja y se fue a vivir a otro lugar del país. Exceptuando a Whymper, aún no existía contacto alguno entre la *Granja de Animales* y el mundo exterior, pero circulaban constantes rumores de que Napoleón iba a celebrar definitivamente un convenio comercial con el señor Pilkington, de Foxwood, o con el señor Frederick, de Pinchfield; pero nunca —se remarcaba— con los dos simultáneamente.

Fue más o menos en esa época cuando los cerdos, repentinamente, se mudaron a la casa de la granja y establecieron allí su residencia. De nuevo los animales creyeron recordar que al principio se había aprobado una resolución en contra de tal medida, y de nuevo Squealer hubo de convencerlos de que no era así. Resultaba absolutamente necesario, dijo él, que los cerdos, que eran el cerebro de la granja, dispusieran de un lugar tranquilo para trabajar.

También era más apropiado para la dignidad del *Líder* (porque últimamente había comenzado a referirse a Napoleón con el título de "Líder") que viviera en una casa en vez de en una simple pocilga. No obstante, algunos animales se molestaron al saber que los cerdos, no solamente comían en la cocina y usaban la sala como lugar de recreo, sino que también dormían en las camas. Boxer lo pasó por alto, como de costumbre, repitiendo "¡Napoleón siempre tiene razón!", pero Clover, que creyó recordar una disposición concreta contra las camas, fue hasta el extremo del granero e intentó descifrar los siete mandamientos, que estaban allí escritos. Al ver que sólo podía leer las letras una por una, trajo a Muriel.

—Muriel —le dijo—, léeme el cuarto mandamiento. ¿No dice algo respecto a no dormir nunca en una cama?

Con un poco de dificultad, Muriel lo descifró.

—Dice: "Ningún animal dormirá en una cama *con sábanas*".

Lo curioso era que Clover no recordaba que el Cuarto Mandamiento mencionara las sábanas; pero como figuraba en la pared, debía de haber sido así. Y Squealer, que pasaba en aquel momento por allí, acompañado por dos o tres perros, pudo aclarar el asunto.

—Ustedes han oído, camaradas —dijo—, que nosotros los cerdos dormimos ahora en las camas de la casa. ¿Y por qué no? No supondrán, seguramente, que hubo alguna vez una disposición contra las *camas*. Una cama quiere decir simplemente un lugar para dormir. Por ejemplo: una pila de paja en un establo es una cama. La resolución fue contra las *sábanas*, que son un invento de los seres humanos. Hemos quitado las sábanas de las camas de la casa y dormimos entre mantas. ¡Y en verdad que son camas muy cómodas! Pero no son más de lo que necesitamos, puedo afirmarles, camaradas, considerando todo el trabajo cerebral que tenemos hoy en día. No querrán privarnos de nuestro reposo, ¿verdad, camaradas? No nos querrán tan cansados como para no cumplir con nuestros deberes. Sin duda, ninguno de ustedes deseará que vuelva Jones.

Los animales lo tranquilizaron inmediatamente y no se habló más del tema respecto a que los cerdos durmieran en las camas de la casa. Y cuando, días después, se anunció que en adelante los cerdos se levantarían por la mañana una hora más tarde que los demás animales, tampoco hubo queja alguna al respecto.

Cuando llegó el otoño, los animales estaban cansados pero contentos. Habían tenido un año difícil y después de la venta de parte del heno y del maíz, las provisiones de víveres no fueron tan abundantes, pero el molino lo compensó todo. Estaba ya casi construido. Después de la cosecha tuvieron una temporada de tiempo seco y despejado, y los animales trabajaron más que nunca, creyendo que bien valía la pena correr de acá para allá todo el día con bloques de piedra, si haciendo eso podían levantar las paredes a unos centímetros más de altura. Boxer, hasta salía a veces de noche y trabajaba una hora o dos por su cuenta a la luz de la luna. En sus ratos libres, los animales daban vueltas y más vueltas alrededor del molino a punto de ser terminado, admirando la fortaleza y verticalidad de sus paredes y maravillándose de que ellos alguna vez hubieran podido construir algo tan imponente. Únicamente el viejo Benjamin se negaba a entusiasmarse con el molino, y, como de costumbre, insistía en su enigmática afirmación de que los burros vivían mucho tiempo.

Llegó noviembre, con sus furiosos vientos del sudoeste. Tuvieron que parar la construcción del molino porque había demasiada humedad para mezclar el cemento. Una noche el ventarrón fue tan violento que los edificios de la granja temblaron sobre sus cimientos y varias tejas fueron arrancadas de la cubierta del granero. Las gallinas se despertaron cacareando de terror porque todas soñaron haber oído algo así como el estampido de un cañón a lo lejos. Por la mañana los animales salieron de sus cubículos y se encontraron con el mástil derribado y un olmo, que solía estar al pie de la huerta, arrancado de cuajo. Apenas habían visto esto cuando un grito de desesperación brotó de sus gargantas. Tenían ante ellos una terrible vista. El molino estaba en ruinas.

Todos a una se abalanzaron hacia el lugar. Napoleón, que rara vez se apresuraba al caminar, corría a la cabeza de todos ellos. Sí, ahí yacía el fruto de todos sus esfuerzos, demolido hasta sus cimientos. Las piedras, que habían roto y trasladado con tanto esfuerzo, estaban desparramadas por todas partes. Incapaces de articular palabra, no hacían más que mirar tristemente los cascotes caídos en desorden. Napoleón andaba de un lado a otro en silencio, olfateando el suelo de vez en cuando. Su cola se había puesto rígida y se movía nerviosamente de derecha a izquierda, señal de su intensa actividad mental. Repentinamente se detuvo como si hubiera visto claro el origen de aquel desastre.

—Camaradas —dijo con voz tranquila—, ¿saben quién es el responsable de todo esto? ¿Saben quién es el enemigo que ha venido durante la noche y tiró abajo nuestro molino? ¡Snowball! —rugió repentinamente con voz de trueno—. ¡Snowball ha hecho esto! Por pura maldad, creyendo que iba a arruinar nuestros planes y vengarse por su infame expulsión, ese traidor se arrastró hasta acá al amparo de la oscuridad y destruyó nuestro trabajo de casi un año. Camaradas, en este momento y lugar, yo sentencio a muerte a Snowball. Recompensaré y nombraré Héroe Animal de Segundo Grado y gratificaré con medio bolsón de manzanas, al animal que lo traiga muerto. Todo un bolsón, al que lo capture vivo.

Los animales quedaron horrorizados al enterarse de que Snowball pudiera ser culpable de tamaña acción. Hubo un grito de indignación y todos comenzaron a idear la manera de atrapar a Snowball, si alguna vez lo encontraban. Casi inmediatamente se descubrieron las pisadas de un puerco en la hierba, a poca distancia de la loma. Las huellas pudieron seguirse algunos metros, pero parecían llevar hacia un agujero en el cerco. Napoleón las olió bien y declaró que eran de Snowball. Opinó que Snowball probablemente había entrado por la Granja Foxwood.

—¡No hay tiempo que perder, camaradas! —gritó Napoleón una vez examinadas las huellas—. Hay mucho trabajo que hacer. Esta misma mañana comenzaremos a rehacer el molino y lo reconstruiremos durante todo el invierno, ya sea que llueva o truene. Le enseñaremos a ese miserable traidor que él no puede deshacer nuestro trabajo tan fácilmente. Recuerden, camaradas; no debe haber ninguna alteración en nuestros planes, que serán llevados a cabo sea como sea. ¡Adelante, camaradas! ¡Viva el molino de viento! ¡Viva la Granja de Animales!

Capítulo VII

Fue un invierno crudo. Al tiempo tormentoso le siguió el granizo y nieve y luego una fuerte helada que duró hasta mediados de febrero. Los animales siguieron trabajando con todas sus fuerzas para reconstruir del molino, pues bien sabían que el mundo exterior los estaba vigilando y que los envidiosos seres humanos se regocijarían y triunfarían sobre ellos si no terminaban la obra a tiempo.

Rencorosos, los humanos no creían que Snowball había destruido el molino; afirmaron que se derrumbó porque las paredes eran demasiado delgadas. Los animales sabían que eso no era cierto. A pesar de ello, decidieron construir las paredes de un metro de espesor en lugar de medio como antes, lo que implicaba reunir una cantidad mucho mayor de piedras. Durante largo tiempo la cantera estuvo totalmente cubierta por una capa de nieve y no se pudo hacer nada. Se progresó algo durante la seca helada que vino después, pero era una labor cruel y los animales no tenían el optimismo que tenían la vez anterior. Siempre tenían frío y en muchas ocasiones, hambre. Los únicos que jamás perdieron el ánimo fueron Boxer y Clover. Squealer pronunció discursos magníficos referentes al orgullo del servicio prestado y la dignidad del trabajo, pero los otros animales encontraron más inspiración en la fuerza de Boxer y en su infalible grito: "¡Trabajaré más duro!".

En enero escaseó la comida. La ración de maíz fue reducida drásticamente y se anunció que, en compensación, se iba a otorgar una ración suplementaria de papas. Pero luego se descubrió que la mayor parte de la cosecha de papas se heló por no haber sido protegida lo suficiente. Los tubérculos se habían ablandado y descolorido, y muy pocos eran comestibles. Durante días enteros los animales no tenían con que alimentarse, excepto paja y remolacha. El hambre parecía mirarlos cara a cara.

Era íntegramente necesario ocultar esto al mundo exterior. Alentados por el derrumbe del molino, los seres humanos estaban inventando nuevas mentiras respecto a la Granja de Animales. Nuevamente se decía que todos los animales se estaban muriendo de hambre y enfermedades, que se peleaban continuamente entre sí y habían caído en el canibalismo y el libertinaje incestuoso. Napoleón conocía bien las desastrosas consecuencias que acarrearía el descubrimiento de la verdadera situación alimenticia, y decidió utilizar al señor Whymper para difundir una imagen contraria. Hasta entonces los animales tuvieron poco o ningún contacto con Whymper en sus visitas semanales; ahora, sin embargo, unos cuantos seleccionados, en su mayoría ovejas, fueron instruidas para que comentaran casualmente, al alcance de su oído, que las raciones habían sido aumentadas. Además, Napoleón ordenó que se llenaran con arena hasta el tope, los depósitos casi vacíos y que luego fueran cubiertos con lo que aún quedaba de cereales y semillas. Mediante un pretexto adecuado, Whymper fue conducido a través de esos cobertizos permitiéndole mirar en los depósitos. Se consiguió engañarle y continuó informando al mundo exterior que no había escasez de alimentos en la Granja de Animales.

Sin embargo, a fines de enero era imposible negar la necesidad de obtener más cereales de alguna parte. Por aquellos días, Napoleón rara vez se presentaba en público; pasaba todo el tiempo dentro de la casa, cuyas puertas estaban custodiadas por perros feroces. Cuando aparecía, era en forma ceremoniosa, con una escolta de seis perros que lo rodeaban de cerca y gruñían si alguien se acercaba demasiado. Ya ni se le veía los domingos por la mañana, sino que daba sus órdenes por intermedio de algún otro cerdo, que generalmente era Squealer. Un domingo por la mañana, Squealer anunció que las gallinas, que comenzaban a poner nuevamente, debían entregar sus huevos. Napoleón había suscrito, por intermedio de Whymper, un contrato de venta de cuatrocientos huevos semanales. El pago obtenido alcanzaría para comprar suficiente cantidad de cereales y comida, y permitiría que la granja pudiera subsistir hasta que llegara el verano y las condiciones mejoraran.

Cuando las gallinas oyeron esto se alzaron en gritos. Habían sido advertidas con anterioridad de que sería necesario ese sacrificio, pero no creyeron que esta realidad llegara a ocurrir. Estaban preparando sus ponederos para empollar en primavera y protestaron expresando que quitarles los huevos era un crimen. Por primera vez desde la expulsión de Jones había algo que se asemejaba a una rebelión. Dirigidas por tres gallinas jóvenes Black Minorca, las gallinas hicieron un decidido intento por frustrar los deseos de Napoleón. Su protesta fue volar hasta las vigas y poner ahí sus huevos, que se rompían en mil pedazos al chocar con el suelo. Napoleón actuó rápidamente y sin piedad. Ordenó que fueran suspendidas las raciones de las gallinas y decretó que cualquier animal que diera, aunque fuera un grano de maíz, a una gallina, sería castigado con la muerte. Los perros vigilaron que las órdenes fueran cumplidas. Las gallinas resistieron durante cinco días, luego cedieron y volvieron a sus nidos. Para entonces nueve gallinas habían muerto. Sus cadáveres fueron enterrados en la huerta y se comunicó que habían muerto de coccidiosis. Whymper no se enteró de este asunto y los huevos fueron debidamente entregados; el camión del vendedor acudía semanalmente a la granja para llevárselos.

Durante todo este tiempo no hubo señales de Snowball. Se rumoreaba que estaba oculto en una de las granjas vecinas: Foxwood o Pinchfield. Napoleón mantenía mejores relaciones que antes con los otros granjeros. Y ocurrió que en el patio había una pila de madera para la construcción, que estaba allí desde hacía diez años, cuando se taló un bosque de hayas. Estaba bien mantenida y Whymper aconsejó a Napoleón que la vendiera; tanto el señor Pilkington como el señor Frederick se mostraban ansiosos por comprarla. Napoleón estaba indeciso entre los dos, incapaz de tomar una decisión. Cuando parecía estar a punto de llegar a un acuerdo con Frederick, se decía que Snowball estaba ocultándose en Foxwood, y cuando se inclinaba hacia Pilkington, se afirmaba que Snowball se encontraba en Pinchfield.

Repentinamente, a principios de primavera, se descubrió algo alarmante. ¡Snowball frecuentaba en secreto la granja por las noches! Los animales estaban tan alterados que apenas podían dormir en sus establos.

Todas las noches, se decía, él se introducía al amparo de la oscuridad y hacía toda clase de daños. Robaba el maíz, volcaba los cubos de leche, rompía los huevos, pisoteaba los semilleros, roía la corteza de los árboles frutales. Cuando algo andaba mal se hizo habitual atribuírselo siempre a Snowball. Si se rompía una ventana o se obstruía un desagüe, era cosa segura que alguien diría que Snowball durante la noche lo había hecho, y cuando se perdió la llave del cobertizo de comestibles, toda la granja estaba convencida de que Snowball la había tirado al pozo. Curiosamente, siguieron creyendo esto aun después de encontrarse la llave extraviada debajo de una bolsa de harina. Las vacas declararon unánimemente que Snowball se deslizó dentro de sus establos y las ordeñó mientras dormían. También se dijo que los ratones, que molestaron bastante aquel invierno, estaban en complicidad con Snowball.

Napoleón dispuso que se hiciera una amplia investigación de las actividades de Snowball. Con su séquito de perros salió de inspección por los edificios de la granja, siguiéndolos los demás animales a prudente distancia. Cada equis pasos, Napoleón se paraba y olía el suelo buscando rastros de las pisadas de Snowball, las que, según dijo él, podía reconocer por el olfato. Estuvo olfateando en todos los rincones, en el granero, en el establo de las vacas, en los gallineros, en el huerto de las legumbres y encontró rastros de Snowball por casi todos lados. Pegando el hocico al suelo, husmeaba profundamente varias veces, y exclamaba con terrible voz: "¡Snowball! ¡Él ha estado aquí! ¡Lo huelo perfectamente!", y al oír la palabra "Snowball" todos los perros dejaban oír unos gruñidos horribles y enseñaban sus colmillos.

Los animales estaban completamente asustados. Les parecía que Snowball era una especie de maldición invisible que infestaba el aire que respiraban y les amenazaba con toda clase de peligros. Al anochecer, Squealer los reunió a todos, y con el rostro alterado les anunció que tenía noticias serias que comunicarles.

—¡Camaradas —gritó Squealer, dando unos saltitos nerviosos—, se ha descubierto algo terrible! ¡Snowball se ha vendido a Frederick, de la Granja Pinchfield, y en este momento debe de estar conspirando para atacarnos y quitarnos nuestra granja! Snowball hará de guía cuando comience el ataque. Pero hay algo peor aún. Nosotros habíamos creído que la rebelión de Snowball fue motivada simplemente por su vanidad y ambición. Pero estábamos equivocados, camaradas. ¿Saben cuál era la verdadera razón? ¡Snowball estaba de acuerdo con Jones desde el mismo comienzo! Fue agente secreto de Jones desde siempre. Esto ha sido comprobado por documentos que dejó abandonados y que ahora hemos descubierto. Para mí esto explica muchas cosas, camaradas: ¿no hemos visto nosotros mismos cómo él intentó, afortunadamente sin éxito, provocar nuestra derrota y aniquilamiento en la Batalla del Establo de las Vacas?—.

Los animales quedaron estupefactos. Esto era una maldad mucho mayor que la destrucción del molino. Pero tardaron varios minutos en comprender su significado. Todos ellos recordaron, o creyeron recordar, cómo habían visto a Snowball encabezando el ataque en la Batalla del Establo de las Vacas, cómo él los había reunido y alentado en cada revés, y cómo no vaciló un solo instante, aunque los perdigones de la escopeta de Jones le hirieron en el lomo. Al principio resultó un poco difícil entender cómo todo esto concordaba con el hecho de estar él de parte de Jones. Hasta Boxer, que rara vez hacía preguntas, estaba perplejo. Se acostó, acomodó sus patas delanteras debajo de su pecho, cerró los ojos, y con gran esfuerzo logró hilvanar sus pensamientos.

—Yo no creo eso —dijo—, Snowball peleó valientemente en la Batalla del Establo de las Vacas. Yo mismo lo vi. ¿Acaso no le otorgamos inmediatamente después la condecoración de Héroe Animal de Primera?

—Ese fue nuestro error, camarada. Porque ahora sabemos —figura todo escrito en los documentos secretos que hemos encontrado— que, en realidad, él nos arrastraba hacia la derrota.

—Pero estaba herido —alegó Boxer—. Todos lo vimos sangrando.

—¡Eso era parte del acuerdo! —gritó Squealer—. El tiro de Jones solamente lo rozó. Yo les podría demostrar esto, que está escrito de su puño y letra, si ustedes pudieran leerlo. El plan era que Snowball, en el momento crítico, diera la señal para la fuga dejando el campo en poder del enemigo. Y casi lo consigue: diré más, camaradas: lo hubiera logrado de no ser por nuestro heroico Líder, el camarada Napoleón. ¿Recuerdan cómo, en el momento preciso que Jones y sus hombres llegaron al patio, Snowball repentinamente se volvió y huyó, y muchos animales lo siguieron? ¿Y recordarán también que justamente en ese momento, cuando cundía el pánico y parecía que estaba todo perdido, el camarada Napoleón saltó hacia delante al grito de "¡Muerte a la Humanidad!", y hundió sus dientes en la pierna de Jones? Seguramente no han olvidado esto, camaradas — exclamó Squealer.

Como Squealer describió la escena tan gráficamente, a los animales les pareció recordarlo. De cualquier modo, sabían que en el momento crítico de la batalla, Snowball se había vuelto para huir. Pero Boxer aún estaba algo indeciso.

—Yo no creo que Snowball fuera un traidor al principio —dijo finalmente—. Lo que haya hecho desde entonces es distinto. Pero yo creo que en la Batalla del Establo de las Vacas él fue un buen camarada.

—Nuestro Líder, el camarada Napoleón —anunció Squealer, hablando lentamente y con firmeza—, ha manifestado terminantemente, terminantemente, camaradas, que Snowball fue agente de Jones desde el mismo comienzo de todo y en cualquier caso, desde mucho antes de que se pensara siquiera en la Rebelión.

—¡Ah, eso es distinto! —gritó Boxer—. Si el camarada Napoleón lo dice, debe ser así.

—¡Ese es el verdadero espíritu, camarada! —gritó Squealer, pero se notó que lanzó a Boxer una mirada amenazadora con sus relampagueantes ojos. Se volvió para irse, luego se detuvo y agregó en forma impresionante—: Yo le advierto a todo animal de esta granja que tenga los ojos bien abiertos, ¡porque tenemos motivos para creer que algunos agentes secretos de Snowball están entre nosotros y al acecho en este momento!

Cuatro días después, al atardecer, Napoleón ordenó a los animales que se congregaran en el patio. Cuando estuvieron todos reunidos, Napoleón salió de la casa, luciendo sus dos medallas (porque recientemente se había nombrado a él mismo Héroe Animal de Primera y Héroe Animal de Segunda), con sus nueve enormes perros brincando alrededor y emitiendo gruñidos que produjeron escalofríos a los demás animales. Todos ellos se recogieron silenciosamente en sus lugares, pareciendo saber de antemano que iban a ocurrir cosas terribles.

Napoleón se quedó observando severamente a su auditorio; luego emitió un gruñido agudo. Inmediatamente los perros saltaron hacia delante, agarraron a cuatro de los cerdos por las orejas y los arrastraron, atemorizados y chillando de dolor hasta los pies de Napoleón. Las orejas de los cerdos estaban sangrando; los perros habían probado sangre y por unos instantes parecían enloquecidos. Ante el asombro de todos, tres de ellos se abalanzaron sobre Boxer. Este los vio venir y estiró su enorme casco, paró a uno en el aire y lo sujetó contra el suelo. El perro chilló pidiendo misericordia y los otros huyeron con el rabo entre las piernas. Boxer miró a Napoleón para saber si debía continuar aplastando al perro hasta matarlo o si debía soltarlo. Napoleón pareció cambiar de semblante y le ordenó bruscamente que soltara al perro, a lo cual Boxer levantó su pata y el can huyó maltrecho y gimiendo.

Pronto cesó el tumulto. Los cuatro cerdos esperaban temblando y con la culpabilidad escrita en cada surco de sus rostros. Napoleón les exigió que confesaran sus crímenes. Eran los mismos cuatro cerdos que habían protestado cuando Napoleón abolió las reuniones de los domingos. Sin otra exigencia, confesaron que estuvieron en contacto clandestinamente con Snowball desde su expulsión, colaboraron con él en la destrucción del molino y convinieron en entregar la *Granja de Animales* al señor Frederick. Agregaron que Snowball había admitido, confidencialmente, que él era agente secreto del Sr. Jones desde muchos años atrás. Cuando terminaron su confesión, los perros, sin perder tiempo, les desgarraron las gargantas y, entre tanto, Napoleón con voz terrible, preguntó si algún otro animal tenía algo que confesar.

Las tres gallinas, que fueron las cabecillas del conato de rebelión a causa de los huevos, se adelantaron y declararon que Snowball se les había aparecido en sus sueños incitándolas a desobedecer las órdenes de Napoleón. También ellas fueron destrozadas. Luego un ganso se adelantó y confesó que había ocultado seis espigas de maíz durante la cosecha del año anterior y que se las había comido por la noche. Luego una oveja admitió que orinó en el bebedero, instigada a hacerlo, según dijo, por Snowball, y otras dos ovejas confesaron que asesinaron a un viejo carnero, muy adicto a Napoleón, persiguiéndolo alrededor de una fogata cuando tosía. Todos ellos fueron ejecutados allí mismo. Y así continuó la serie de confesiones y ejecuciones hasta que una pila de cadáveres yacía a los pies de Napoleón y el aire estaba impregnado con el olor de la sangre, olor que era desconocido desde la expulsión de Jones.

Cuando terminó esto, los animales restantes, exceptuando los cerdos y los perros, se alejaron juntos. Estaban estremecidos y consternados. No sabían qué era más espantoso: si la traición de los animales que se conjuraron con Snowball o la cruel represión que acababan de presenciar. En el pasado hubo muchas veces escenas de matanzas igualmente terribles, pero a todos les parecía mucho peor la de ahora, por haber sucedido entre ellos mismos. Desde que Jones había abandonado la granja, ningún animal mató a otro animal. Ni siquiera una rata. Llegaron a la pequeña loma donde estaba el molino semiconstruido y, de común acuerdo, se recostaron todos, como si se agruparan para calentarse: Clover, Muriel, Benjamin, las vacas, las ovejas y toda una bandada de gansos y gallinas: todos, en verdad, exceptuando la gata, que había desaparecido repentinamente, poco antes de que Napoleón ordenara a los animales que se reunieran. Durante algún tiempo nadie habló. Únicamente Boxer permanecía de pie batiendo su larga cola negra contra sus costados y emitiendo de cuando en cuando un pequeño relincho de extrañeza. Finalmente dijo: "No comprendo. Yo no hubiera creído que tales cosas pudieran ocurrir en nuestra granja. Eso se debe seguramente a algún defecto nuestro. La solución, como yo la veo, es trabajar más duro. Desde ahora me levantaré una hora más temprano todas las mañanas".

Y se alejó con su trote pesado en dirección al acantilado. Una vez ahí juntó dos carretadas de piedras y tiró de ellas hasta el molino, antes de acostarse. Los animales se acurrucaron alrededor de Clover, sin hablar. La loma donde estaban acostados les ofrecía una amplia perspectiva de la granja. La mayor parte de la Granja de Animales estaba a la vista: la larga pradera, que se extendía hasta la calle principal, el campo de heno, el bebedero, los campos arados donde crecía el trigo nuevo, tupido y verde, y los techos rojos de los edificios de la granja, con el humo elevándose en espiral de sus chimeneas. Era un claro atardecer primaveral. El pasto y los cercados florecientes estaban dorados por los rayos del sol poniente. Nunca les había parecido un lugar tan hermoso y, con cierta sorpresa se acordaron de que era su propia granja, y que cada pulgada era de su propiedad, un lugar tan codiciado. Mientras Clover miraba ladera abajo, se le llenaron los ojos de lágrimas. Si ella pudiera expresar sus pensamientos, hubiera sido para decir que eso definitivamente no era a lo que aspiraban cuando lucharon, años atrás, para derrocar a la raza humana. Aquellas escenas de terror y matanza no eran lo que ellos soñaron aquella noche cuando el Viejo Mayor, por primera vez, los incitó a rebelarse. Si ella misma hubiera concebido un cuadro del futuro, sería el de una sociedad de animales liberados del hambre y del látigo, todos iguales, cada uno trabajando de acuerdo con su capacidad, el fuerte protegiendo al débil, como ella una vez había protegido con su pata a esos patitos perdidos la noche del discurso del Mayor. En su lugar, no sabía por qué, habían llegado a un estado tal en el que nadie se atrevía a decir lo que pensaba, en el que perros feroces y gruñones merodeaban por doquier y donde uno tenía que ver cómo sus camaradas eran despedazados después de confesarse autores de crímenes horribles. No había intención de rebeldía o desobediencia en su mente. Ella sabía que, aun tal y como se encontraban las cosas, estaban mucho mejor que en los días de Jones y que, ante todo, era necesario evitar el regreso de los seres humanos. Sucediera lo que sucediera, permanecería leal, trabajaría duro, cumpliría las órdenes que le dieran y aceptaría las directrices de Napoleón. Pero, aun así, no era eso lo que ella y los demás animales anhelaran y para lo que habían trabajado tanto. No fue por eso por lo que construyeron el molino, e hicieron frente a las balas de Jones. Tales eran sus pensamientos, aunque le faltaban las palabras para expresarlos.

Al final, intentando suplir las palabras por algo que pudiera expresar, empezó a cantar *Bestias de Inglaterra*. Los demás animales a su alrededor se unieron a su canto. La cantaron tres veces, melodiosamente, aunque de forma lenta y fúnebre como nunca lo habían hecho.

Apenas habían terminado de repetirla por tercera vez cuando se acercó Squealer, acompañado de dos perros, con el aire de quien tiene algo importante que decir. Anunció que por un decreto especial del camarada Napoleón se había abolido el canto de *Bestias de Inglaterra*. Desde ese momento quedaba prohibido cantar dicha canción.

Los animales quedaron asombrados.

—¿Por qué? —gritó Muriel.

—Ya no hace falta, camarada —dijo Squealer secamente—. *Bestias de Inglaterra* fue el canto de la Rebelión. Pero la Rebelión ya ha terminado. La ejecución de los traidores, esta tarde, fue el acto final. El enemigo, tanto exterior como interior, ha sido vencido. En *Bestias de Inglaterra* nosotros expresamos nuestras ansias por una sociedad mejor en el futuro. Pero esa sociedad ya ha sido establecida. Realmente esta canción ya no tiene sentido.

Aunque estaban asustados, algunos de los animales hubieran protestado, pero en aquel momento las ovejas comenzaron su habladuría usual de "Cuatro patas sí, dos patas no", que duró varios minutos y puso fin a la discusión.

Y de esta forma no se escuchó más *Bestias de Inglaterra*. En su lugar Mínimus, el poeta, había compuesto otra canción que comenzaba así:

Granja de Animales, Granja de Animales,
¡Nunca por mí sufrirás males!

Y esto se cantó todos los domingos por la mañana después de izarse la bandera. Pero, por algún motivo, a los animales les pareció que ni la letra ni la música estaban a la altura de *Bestias de Inglaterra*.

Capítulo VIII

Días después, cuando ya había desaparecido el terror producido por las ejecuciones, algunos animales recordaron —o creyeron recordar— que el sexto mandamiento decretaba: "Ningún animal matará a otro animal". Y aunque nadie quiso mencionarlo al oído de los cerdos o de los perros, se tenía la sensación de que las matanzas que habían tenido lugar no se alineaban a los mandamientos. Clover pidió a Benjamin que le leyera el sexto mandamiento, y cuando Benjamin, como de costumbre, dijo que se negaba a entrometerse en esos asuntos, se fue en busca de Muriel. Muriel le leyó el Mandamiento. Decía así: "Ningún animal matará a otro animal sin motivo". Por una razón u otra, las dos últimas palabras se les habían ido de la memoria a los animales. Pero comprobaron que el Mandamiento no fue violado; porque, evidentemente, hubo motivo sobrado para matar a los traidores que se conjuraron con Snowball.

Durante ese año los animales trabajaron aún más que el año anterior. Reconstruir el molino, con paredes dos veces más gruesas que antes, y terminarlo para una fecha determinada, además del trabajo diario de la granja, era una labor tremenda. A veces les parecía que trabajaban más y no comían mejor que en la época de Jones. Los domingos por la mañana, Squealer, sujetando un papel largo con una pata, les leía largas listas de cifras, demostrando que la producción de toda clase de víveres había aumentado en un 200%, 300%, o incluso 500%, según el caso. Los animales no vieron motivo para no creerle, especialmente porque no podían recordar con claridad cómo eran las cosas antes de la Rebelión. Aun así, preferían a veces tener menos cifras y más comida.

Todas las órdenes eran emitidas por intermedio de Squealer o cualquiera de los otros cerdos. A Napoleón se le veía en público como mucho una vez cada dos semanas. Cuando aparecía lo hacía acompañado, no solamente por su comitiva de perros, sino también por un gallo negro que marchaba delante y actuaba como una especie de nuncio, dejando oír un sonoro quiquiriquí antes de que hablara Napoleón. Hasta en la casa, se decía, Napoleón ocupaba aposentos separados de los demás. Comía solo, con dos perros para servirlo, y siempre utilizaba la vajilla que había estado en la vitrina de cristal de la sala. También se anunció que la escopeta sería disparada todos los años en el cumpleaños de Napoleón, igual que se hacía en los otros dos aniversarios.

Napoleón no era ya mencionado simplemente como "Napoleón". Se le nombraba siempre en forma ceremoniosa como "nuestro Líder, el camarada Napoleón", y a los cerdos les gustaba inventarle títulos como "Padre de todos los animales", "Terror de la humanidad", "Protector del rebaño de ovejas", "Amigo de los patitos" y otros por el estilo. En sus discursos, Squealer hablaba con lágrimas en los ojos, respecto a la sabiduría de Napoleón, la bondad de su corazón y el profundo amor que sentía por todos los animales en todas partes, y especialmente por las desdichadas bestias que aún vivían en la ignorancia y la esclavitud en otras granjas. Se había hecho habitual atribuirle a Napoleón todo mérito y todo golpe de suerte. A menudo se oía que una gallina le decía a otra: "Bajo la dirección de nuestro Líder, el camarada Napoleón, he puesto cinco huevos en seis días", o dos vacas, mientras tomaban agua en el bebedero, solían exclamar: "Gracias a nuestro Líder, el camarada Napoleón el agua tiene un sabor riquísimo". El sentimiento general de la granja estaba bien expresado en unos versos titulados "Camarada Napoleón", escrito por Mínimus y que decían así:

¡Amigo de los desamparados! ¡Fuente de felicidad!
Señor del chiquero, que mi alma enciendes cuando contemplo,
tu firme y cálida mirada, cual sol que deslumbra al cielo.
¡Oh, Camarada Napoleón!
Es por tu gracia que se recibe todo lo que tus criaturas aman
sus barrigas llenas y la paja limpia para dormir.
Todas las bestias grandes o pequeñas,
dormir en paz en sus establos anhelan
bajo tu mirada protectora.
¡Oh, Camarada Napoleón!
El hijo que la suerte me enviara, antes de crecer y hacerse grande

y desde chiquito y tierno cachorrillo aprenderá primero a serte fiel.
Seguro estoy de que este será su primer chillido:
¡Oh, Camarada Napoleón!

Napoleón aprobó este poema y lo hizo inscribir en la pared del granero principal, en el extremo opuesto a los Siete Mandamientos. Sobre el mismo, había un retrato de Napoleón, de perfil, pintado por Squealer con pintura blanca.

Mientras tanto, por intermedio de Whymper, Napoleón estaba ocupado en complicadas negociaciones con Frederick y Pilkington. La pila de madera aún estaba sin vender. De los dos, Frederick era el que más quería comprarla, pero no quería ofrecer un precio razonable. Al mismo tiempo corrían rumores insistentes de que Frederick y sus hombres estaban conspirando para atacar la *Granja de Animales* y destruir el molino, cuya construcción había provocado una envidia furiosa en él. Se sabía que Snowball aún estaba al acecho en la Granja Pinchfield. A mediados del verano los animales se alarmaron al oír que tres gallinas confesaron haber tramado un complot para asesinar a Napoleón, incitadas por Snowball. Fueron ejecutadas inmediatamente y se tomaron nuevas precauciones para la seguridad del Líder. Cuatro perros vigilaban su cama durante la noche, uno en cada esquina, y un joven cerdo llamado Pinkeye fue designado para probar todos sus alimentos antes de que Napoleón los comiera, por temor a que estuvieran envenenados.

Más o menos en esa época, se divulgó que Napoleón había convenido en vender la pila de madera al señor Pilkington; también había de celebrarse un convenio formal para el intercambio de ciertos productos entre la Granja de Animales y Foxwood. Las relaciones entre Napoleón y Pilkington, aunque conducidas únicamente por intermedio de Whymper, eran casi amistosas. Los animales desconfiaban de Pilkington, como ser humano, pero lo preferían a él antes que a Frederick, a quien temían y odiaban al mismo tiempo. Cuando estaba finalizando el verano y la construcción del molino llegaba a término, los rumores de un inminente ataque a traición iban en aumento. Frederick, se decía, tenía intenciones de meterse en la granja con veinte hombres, todos armados con escopetas, y se decía que ya había sobornado a los jueces y a la policía para que, en caso de que pudiera obtener los títulos de propiedad de la Granja de Animales, aquellos no indagaran. Además, de Pinchfield se filtraban algunas historias terribles respecto a las crueldades que Frederick infligía a los animales. Había azotado hasta la muerte a un caballo; mataba de hambre a sus vacas, había matado a un perro arrojándolo dentro de un horno, se divertía de noche con riñas de gallos, atándoles pedazos de hojas de afeitar a las patas. La sangre les hervía de rabia a los animales cuando se enteraron del trato que recibían sus camaradas y, algunas veces, protestaron para que se les permitiera salir a atacar en masa a la Granja Pinchfield, echar a los seres humanos y liberar a los animales. Pero Squealer les aconsejó que evitaran los actos precipitados y que confiaran en la estrategia de Napoleón.

Sin embargo, el resentimiento contra Frederick continuó aumentando. Un domingo por la mañana Napoleón se presentó en el granero y explicó que en ningún momento había tenido intenciones de vender la pila de madera a Frederick pues él consideraba que no debía rebajarse a tratar con esa junta. A las palomas, que aún eran enviadas para difundir noticias referentes a la Rebelión, les fue prohibido pisar Foxwood y también fueron forzadas a abandonar su lema anterior de "Muerte a la Humanidad", reemplazándolo por "Muerte a Frederick". A fines de verano fue puesta al descubierto una nueva maldad de Snowball. Los campos de trigo estaban llenos de malezas y se descubrió que, en una de sus visitas nocturnas, Snowball mezcló semillas de cardos con las semillas de trigo. Un ganso, cómplice del complot, había confesado su culpa a Squealer y se suicidó inmediatamente ingiriendo unas hierbas tóxicas. Los animales también se enteraron de que Snowball, contrario a lo que muchos de ellos habían creído hasta entonces, nunca había recibido la orden de "Héroe Animal de Primera". Era simplemente una mentira difundida poco tiempo después de la "Batalla del Establo de las Vacas" por Snowball mismo. Lejos de ser condecorado, fue censurado por demostrar cobardía en la batalla. Una vez más, algunos animales escucharon esto con cierta perplejidad, pero Squealer logró convencerlos de que era su memoria la que les fallaba.

En el otoño, mediante un tremendo y agotador esfuerzo — porque la cosecha tuvo que realizarse casi al mismo tiempo—, se concluyó el molino de viento. Aún faltaba instalar la maquinaria cuya compra aún negociaba Whymper, pero la construcción estaba terminada. A pesar de todas las dificultades, a pesar de la inexperiencia, de herramientas primitivas, de la mala suerte y de la traición de Snowball, ¡el trabajo había sido terminado puntualmente en el día fijado! Muy cansados pero orgullosos, los animales daban vueltas y más vueltas alrededor de su obra maestra, que a su juicio era aún más hermosa que cuando fuera levantada por primera vez. Además, el espesor de las paredes era el doble de lo que había sido antes. ¡Ahora la única forma posible de derrumbarla sería con explosivos! Y cuando recordaban cómo trabajaron, el desaliento que habían superado y el cambio que se produciría en sus vidas cuando las aspas estuvieran girando y los engranajes funcionando, cuando pensaban en todo esto, el cansancio desaparecía. Todos saltaban alrededor del molino, emitiendo gritos de triunfo. Napoleón mismo, acompañado por sus perros y su gallo, se acercó para inspeccionar el trabajo terminado; personalmente felicitó a los animales por su proeza y anunció que el molino sería llamado "Molino Napoleón".

Dos días después los animales fueron convocados para una reunión especial en el granero. Quedaron estupefactos cuando Napoleón les anunció que había vendido la pila de madera a Frederick. Los carros de Frederick comenzarían a llevársela al día siguiente. Durante todo el período de su aparente amistad con Pilkington, Napoleón en realidad había estado secretamente de acuerdo con Frederick.

Todas las relaciones con Foxwood fueron truncadas y se enviaron mensajes insultantes a Pilkington. A las palomas se les comunicó que debían evitar la "Granja Pinchfield" y que debían modificar su lema de "Muerte a Frederick" por "Muerte a Pilkington". Al mismo tiempo, Napoleón aseguró a los animales que los rumores de un ataque a la Granja de Animales eran completamente falsos y que las noticias respecto a las crueldades de Frederick con sus animales, habían sido enormemente exageradas. Todos esos rumores probablemente habían sido propagados por Snowball y sus agentes. Ahora se descubriría que Snowball no estaba escondido en la Granja Pinchfield y que, en realidad, en su vida había estado allí; residía en Foxwood —con un lujo extraordinario, según decían— y al parecer, había sido un protegido de Pilkington durante muchos años.

Los cerdos estaban asombrados por la astucia de Napoleón. Mediante su aparente amistad con Pilkington forzó a Frederick a aumentar su precio en doce libras. Pero la superioridad de la mente de Napoleón, dijo Squealer, fue demostrada por el hecho de que no confiaba en nadie, ni siquiera de Frederick. Este había querido abonar la madera con algo que se llama cheque, el cual, al parecer, era un pedazo de papel con la promesa de pagar la cantidad escrita en el mismo. Pero Napoleón fue demasiado listo para él. Había exigido el pago en billetes auténticos de cinco libras, que debían abonarse antes de retirar la madera. Frederick pagó y el importe abonado alcanzaba justamente para comprar la maquinaria necesaria para el molino de viento.

Mientras tanto, se llevaba la madera a toda prisa. Cuando ya había sido totalmente retirada, se efectuó otra reunión especial en el granero para que los animales pudieran contemplar los billetes de banco de Frederick.

Sonriendo beatíficamente y luciendo sus dos condecoraciones, Napoleón reposaba en su lecho de paja sobre la plataforma, con el dinero al lado suyo, apilado con cuidado sobre un plato de porcelana de la cocina. Los animales desfilaron lentamente a su lado para contemplarlo. Boxer estiró la nariz para oler los billetes y los delgados papeles blancos se movieron y crujieron ante su aliento.

Tres días después se registró un terrible alboroto. Whymper, extremadamente pálido, llegó a toda velocidad montado en su bicicleta, la tiró al suelo al llegar al patio y entró corriendo. En seguida se oyó un sordo rugido de rabia desde el aposento de Napoleón. La noticia de lo ocurrido se difundió por la granja como la pólvora. ¡Los billetes de banco eran falsos! ¡Frederick había conseguido la madera gratis!

Napoleón reunió inmediatamente a todos los animales y con terrible voz decretó sentencia de muerte para Frederick. Cuando fuera capturado, dijo, Frederick debía ser hervido vivo. Al mismo tiempo se les advirtió que después de ese acto traicionero, debía esperarse lo peor. Frederick y su gente podrían lanzar su tan largamente esperado ataque en cualquier momento. Se designaron centinelas en todas las vías de acceso a la granja. Además se enviaron cuatro palomas a Foxwood con un mensaje conciliatorio, con el que se esperaba poder restablecer las buenas relaciones con Pilkington.

A la mañana siguiente se produjo el ataque. Los animales estaban tomando el desayuno cuando los vigías entraron corriendo con el anuncio de que Frederick y sus seguidores ya habían pasado el portón. Los animales salieron audazmente para combatir, pero esta vez no alcanzaron la victoria fácil que obtuvieran en la Batalla del Establo de las Vacas. Había quince hombres, con media docena de escopetas que abrieron fuego tan pronto como llegaron a cincuenta metros de los animales. Estos no pudieron hacer frente a las terribles explosiones con sus perdigones y, a pesar de los esfuerzos de Napoleón y Boxer por reagruparlos, pronto fueron derrotados. Unos cuantos de ellos estaban heridos. Se refugiaron en los edificios de la granja y espiaron cautelosamente por las rendijas y los agujeros en los nudos de la madera. Toda la pradera, incluyendo el molino de viento, estaba en manos del enemigo. Por el momento, hasta Napoleón estaba sin saber qué hacer. Paseaba de acá para allá sin decir palabra, su cola rígida, contrayéndose nerviosamente. Se lanzaban miradas ansiosas en dirección a Foxwood. Si Pilkington y su gente los ayudaran, aún podrían salir bien. Pero en ese momento las cuatro palomas que habían sido enviadas el día anterior volvieron, portando una de ellas un trozo de papel de Pilkington. Sobre el mismo figuraban escritas con lápiz las siguientes palabras:

"Se lo tienen merecido".

Mientras tanto, Frederick y sus hombres se detuvieron junto al molino. Los animales los observaron, y comenzaron a murmurar con angustia. Dos de los hombres portaban una palanca de hierro y un martillo. Iban a tirar abajo el molino de viento.

—¡Imposible! —gritó Napoleón—. Hemos construido las paredes demasiado gruesas para eso. No las podrán tirar abajo ni en una semana. ¡Valor, camaradas!

Pero Benjamin estaba observando con insistencia los movimientos de los hombres. Los que manejaban el martillo y la palanca de hierro estaban abriendo un agujero cerca de la base del molino. Lentamente, y con un aire casi divertido, Benjamin agitó su largo hocico.

—Ya me parecía —dijo—. ¿No ven lo que están haciendo?

Enseguida van a llenar de pólvora ese agujero.

Los animales esperaban aterrorizados. Era imposible arriesgarse a estar fuera del refugio de los edificios. Después de varios minutos los hombres fueron vistos corriendo en todas direcciones y se oyó un estruendo ensordecedor. Las palomas se arremolinaron en el aire y todos los animales, exceptuando a Napoleón, se tiraron al suelo boca abajo y escondieron sus caras. Cuando se incorporaron nuevamente, una enorme nube de humo negro flotaba en el lugar donde había estado el molino de viento. Lentamente la brisa la alejó. ¡El molino de viento había dejado de existir!

Al ver esta escena, los animales recuperaron su coraje. El miedo y la desesperación que sintieron momentos antes fueron ahogados por su ira contra un acto tan vil y abominable. Lanzaron un potente griterío clamando venganza, y sin esperar otra orden, atacaron en masa y se abalanzaron sobre el enemigo. Esta vez no prestaron atención a los crueles perdigones que pasaban sobre sus cabezas como granizo. Fue una batalla salvaje. Los hombres abrieron fuego una y otra vez, y cuando los animales llegaron a la lucha cuerpo a cuerpo, los golpearon con sus palos y sus pesadas botas. Una vaca, tres ovejas y dos gansos murieron, y casi todos estaban heridos. Hasta Napoleón, que dirigía las operaciones desde la retaguardia, fue herido en la punta de la cola por un perdigón. Pero los hombres tampoco salieron ilesos. Tres de ellos tenían la cabeza rota por las patadas de Boxer; otro fue corneado en el vientre por una vaca y a uno casi le arrancan los pantalones entre Jessie y Bluebell. Y cuando los nueve perros guardaespaldas de Napoleón, a quienes él había ordenado que dieran la vuelta por detrás del cercado, aparecieron repentinamente por el flanco ladrando ferozmente, el pánico se apoderó de los hombres, quienes vieron el peligro que corrían al ser rodeados. Frederick gritó a sus hombres que escaparan mientras aún les fuera posible, y enseguida el enemigo huyó acobardado, a toda velocidad. Los animales los persiguieron hasta el final del campo y lograron darles las últimas patadas, cuando a toda velocidad cruzaban la cerca del cerco.

Habían vencido, pero estaban maltrechos y sangrantes. Lentamente y rengueando volvieron hacia la granja. Al presentarse la vista de los camaradas muertos que yacían sobre la hierba más de uno sucumbió al llanto. Y durante un rato se detuvieron, desconsolados y en silencio, en el lugar donde antes había estado el molino. Sí, ya no estaba; ¡hasta el último rastro de su labor había desaparecido! Hasta los cimientos estaban parcialmente destruidos. Y para reconstruirlo no podrían esta vez, como antes, utilizar las piedras derrumbadas. Hasta esas desaparecieron. La fuerza de la explosión las arrojó a cientos de metros de distancia. Era como si el molino nunca hubiera existido.

Cuando se aproximaron a la granja, Squealer, que inexplicablemente estuvo ausente durante la pelea, vino saltando hacia ellos, meneando la cola y rebosante de alegría. Y los animales oyeron, procediendo de los edificios de la granja, el solemne estampido de una escopeta.

—¿A qué se debe ese disparo? —preguntó Boxer.

—¡Para celebrar nuestra victoria! —gritó Squealer.

—¿Qué victoria? —exclamó Boxer. Sus rodillas estaban sangrando, había perdido una herradura, tenía rajado un casco y una docena de perdigones incrustados en la pata trasera.

—¿Cómo que qué victoria, camarada? ¿No hemos arrojado al enemigo de nuestro suelo, el suelo sagrado de la Granja de Animales?

—Pero han destruido el molino. ¡Y nosotros hemos trabajado durante dos años para construirlo!

—¿Qué importa? Construiremos otro molino. Construiremos seis molinos si queremos. ¿No aprecian, camaradas, la importancia de lo que hemos hecho hoy aquí? El enemigo estaba ocupando este suelo que pisamos. ¡Y ahora, gracias a la dirección del camarada Napoleón, hemos reconquistado cada centímetro del mismo!

—Entonces, ¿hemos recuperado nuevamente lo que teníamos antes? —preguntó Boxer.

—Esa es nuestra victoria —agregó Squealer.

Fueron rengueando al patio. Los perdigones, incrustados en la pata de Boxer le quemaban y dolían mucho. Veía ante sí la pesada labor de reconstruir el molino desde los cimientos y, en su imaginación, se preparaba para la tarea. Pero por primera vez se le ocurrió que él tenía once años de edad y que tal vez sus grandes músculos ya no eran lo que habían sido antes. Pero cuando los animales vieron flamear la bandera verde y sintieron disparar nuevamente la escopeta, que fue disparada siete veces en total, y escucharon el discurso que pronunció Napoleón, felicitándolos por su conducta, les pareció que, después de todo, habían conseguido una gran victoria. Los muertos en la batalla recibieron un entierro solemne. Boxer y Clover tiraron del carro que sirvió de coche fúnebre y Napoleón mismo encabezó la comitiva. Durante dos días enteros se efectuaron festejos. Hubo canciones, discursos y más disparos de escopeta y se hizo un obsequio especial de una manzana para cada animal, con dos onzas de maíz para cada ave y tres galletas para cada perro. Se anunció que la batalla sería llamada del Molino y que Napoleón había creado una nueva condecoración, la Orden del Estandarte Verde, que él se otorgó a sí mismo. En el regocijo general, se olvidó el infortunado incidente de los billetes de banco.

Unos días después, los cerdos hallaron una caja de whisky en el sótano de la casa. Había sido pasado por alto cuando se ocupó el edificio. Aquella noche se oyeron desde la casa canciones en alta voz, donde, para sorpresa de todos, se entremezclaban los acordes de *Bestias de Inglaterra*. A eso de las nueve y media, Napoleón, luciendo un viejo bombín del Sr. Jones, fue visto salir por la puerta trasera, galopar alrededor del patio y entrar nuevamente. Pero, por la mañana, reinaba un silencio profundo en la casa. Ni un cerdo se movía. Eran casi las nueve cuando Squealer hizo su aparición, caminando lenta y torpemente, sus ojos opacos, su cola colgando flácidamente y con el aspecto de estar seriamente enfermo. Reunió a los animales y les dijo que tenía que comunicarles malas noticias. ¡El camarada Napoleón se estaba muriendo!

Muestras de dolor se elevaron en un grito al unísono. Se colocó paja en todas las entradas de la casa y los animales caminaban en las puntas de sus patas. Con lágrimas en los ojos, se preguntaban unos a otros qué harían si perdieran a su Líder. Se difundió el rumor de que Snowball, a pesar de todo, había logrado introducir veneno en la comida de Napoleón. A las once salió Squealer para hacer otro anuncio. Como último acto suyo sobre la tierra, el camarada Napoleón emitía un solemne mandato: la acción de beber alcohol sería castigada con la muerte.

Al anochecer, Napoleón parecía estar algo mejor y a la mañana siguiente Squealer pudo decirles que se hallaba en vías de recuperación. Esa misma noche, Napoleón estaba en pie y al otro día se supo que había ordenado a Whymper que comprara en Willingdon algunos folletos sobre la fermentación y destilación de bebidas. Una semana después Napoleón ordenó que fuera arado el campo detrás de la huerta, destinada como lugar de esparcimiento para animales retirados del trabajo. Se dijo que el campo estaba agotado y era necesario cultivarlo de nuevo, pero pronto se supo que Napoleón tenía intención de sembrarlo con cebada.

Más o menos por esa época ocurrió un raro incidente que casi nadie fue capaz de entender. Una noche, a eso de las doce, se oyó un fuerte estrépito en el patio, y los animales salieron corriendo. Era una noche clara, de luna. Al pie de la pared del granero principal, donde figuraban inscritos los siete mandamientos, se encontraba una escalera rota en dos pedazos. Squealer, momentáneamente aturdido, estaba tendido en el suelo y muy cerca estaban una linterna, un pincel y un tarro volcado de pintura blanca. Los perros formaron inmediatamente un círculo alrededor de Squealer, y lo escoltaron de vuelta a la casa, en cuanto pudo caminar. Ninguno de los animales lograba entender lo que significaba eso, excepto el viejo Benjamin, que movía el hocico con aire enterado, aparentando comprender, pero sin decir nada.

Pasados unos cuantos días, cuando Muriel estaba leyendo los siete mandamientos, notó que había otro que los animales recordaban incorrectamente. Ellos creían que el quinto mandamiento decía: "Ningún animal beberá alcohol", pero pasaron por alto dos palabras. Ahora el Mandamiento indicaba: "Ningún animal beberá alcohol *en exceso*".

Capítulo IX

El casco partido de Boxer tardó mucho en curarse. Habían comenzado la reconstrucción del molino al día siguiente de acabados los festejos de la victoria. Boxer se negó a tomar ni siquiera un día de descanso y fue para él una cuestión de honor no dejar ver que estaba dolorido. Por las noches le admitía reservadamente a Clover que el casco le molestaba mucho. Clover lo curaba con emplastos de yerbas que preparaba masticándolas, y tanto ella como Benjamin pedían a Boxer que trabajara menos.

—Los pulmones de un caballo no son eternos —le decía ella.

Pero Boxer no le hacía caso. —Sólo me queda una verdadera ambición: ver el molino bien adelantado antes de llegar a la edad de retirarme.

Al principio, cuando se formularon las leyes de la Granja de Animales se fijaron las siguientes edades para jubilarse: caballos y cerdos a los doce años, vacas a los catorce, perros a los nueve, ovejas a los siete y las gallinas y los gansos a los cinco. Se establecieron pensiones generosas para la vejez. Hasta entonces ningún animal se había retirado, pero últimamente la discusión del asunto fue en aumento. Ahora que el campo de atrás de la huerta se había destinado para la cebada, circulaba el rumor de que alambrarían un rincón de la pradera larga, convirtiéndolo en campo donde pastarían los animales jubilados. Para caballos, se decía, la pensión sería de cinco kilos de maíz por día y en invierno quince de heno, con una zanahoria o posiblemente una manzana los días de fiesta. Boxer iba a cumplir los doce años a final del verano del año siguiente.

Mientras tanto, la vida seguía siendo dura. Este invierno era tan frío como el anterior, y la comida aún más escasa. Nuevamente fueron reducidas todas las raciones, exceptuando las de los cerdos y las de los perros.

—Una igualdad demasiado rígida en las raciones —explicó Squealer—, sería contraria a los principios del Animalismo.

De cualquier manera no tuvo dificultad en demostrar a los demás que, en realidad, no estaban faltos de comida, cualesquiera que fueran las apariencias. Ciertamente, fue necesario hacer un ajuste de las raciones (Squealer siempre mencionaba esto como "ajuste", nunca como "reducción"), pero comparado con los tiempos de Jones, la mejoría era enorme. Leyéndoles las cifras con voz chillona y rápida, les demostró detalladamente que contaban con más avena, más heno, y más nabos de los que tenían en los tiempos de Jones; que trabajaban menos horas, que el agua que bebían era de mejor calidad, que vivían más años, que una mayor proporción de criaturas sobrevivía a la infancia y que tenían más paja en sus cubículos y menos pulgas. Los animales creyeron todo lo que dijo. La realidad era que tanto el Sr. Jones, como lo que él representaba, casi se había borrado de sus memorias. Ellos sabían que la vida era dura y áspera, que muchas veces tenían hambre y frío, y generalmente estaban trabajando cuando no dormían. Pero, sin duda alguna, peor había sido en los viejos tiempos. Se sentían contentos de creerlo así. Además, en aquellos días fueron esclavos y ahora eran libres, y eso hacía una gran diferencia, como Squealer nunca se olvidaba de señalarles.

Había muchas bocas más que alimentar. En el otoño las cuatro cerdas tuvieron crías simultáneamente. Entre todas, treinta y un cochinitos. Los jóvenes cerdos eran moteados, y como Napoleón era el único cerdo oscuro en la granja, no fue difícil adivinar su origen paterno. Se anunció que más adelante, cuando se compraran ladrillos y maderas, se construiría una escuela en el jardín. Mientras tanto, los cochinitos fueron educados por Napoleón en la cocina de la casa. Hacían su gimnasia en el jardín, y se les disuadía de jugar con los otros animales jóvenes. En esa época, también se implantó la regla de que cuando un cerdo y cualquier otro animal se encontraran en el camino, el segundo debía hacerse a un lado; y que los cerdos, de cualquier clase, iban a tener el privilegio de adornarse con cintas verdes en la cola, los domingos.

La granja tuvo un año bastante próspero, pero aún andaban escasos de dinero. Faltaban por comprar los ladrillos, la arena y el cemento necesarios para la escuela e iba a ser necesario ahorrar nuevamente para la maquinaria del molino. Se requería, además, bencina para las lámparas, y velas para la casa, azúcar para la mesa de Napoleón (prohibió esto a los otros cerdos, basándose en que los hacía engordar) y todos los artículos comunes, como herramientas, clavos, hilos, carbón, alambre, hierros y bizcochos para los perros. Una parva de heno y parte de la cosecha de papas fueron vendidas, y el contrato de venta de huevos se aumentó a seiscientos por semana, de manera que aquel año las gallinas apenas empollaron suficientes pollitos para mantener las cifras al mismo nivel. Las raciones, rebajadas en diciembre, fueron disminuidas nuevamente en febrero, y se prohibieron las linternas en los establos para ahorrar bencina. Pero los cerdos parecían estar bastante a gusto y, en realidad, aumentaban de peso. Una tarde, a fines de febrero, un tibio y apetitoso aroma, como jamás habían percibido los animales, llegó al patio transportado por la brisa, procedente de la casita donde se elaboraba la cerveza en los tiempos del Sr. Jones, casa que se encontraba más allá de la colina. Alguien dijo que era el olor de la cebada hirviendo. Los animales husmearon hambrientos y se preguntaron si se les estaba preparando un plato caliente para la cena. Pero no apareció ningún guiso, y el domingo siguiente se anunció que desde ese momento toda la cebada sería reservada para los cerdos. El campo de atrás de la huerta ya había sido sembrado con cebada. Pronto se supo que, además, todos los cerdos recibían una ración de una pinta de cerveza por día, y dos litros para el mismísimo Napoleón, que siempre se le servía en la sopera del juego guardado en la vitrina de cristal.

Pero si bien no faltaban penurias que aguantar, en parte estaban compensadas por el hecho de que la vida tenía mayor dignidad que antes. Había más canciones, más discursos, más desfiles. Napoleón ordenó que una vez por semana se hiciera algo denominado Demostración Espontánea, cuyo objeto era celebrar las luchas y triunfos de la Granja de Animales. A la hora indicada, los animales abandonaban sus tareas y desfilaban por los límites de la granja en formación militar, con los cerdos a la cabeza, luego los caballos, las vacas, las ovejas y por último las aves. Los perros marchaban a los lados y, a la cabeza de todos, el gallo negro de Napoleón. Boxer y Clover llevaban siempre una bandera verde marcada con el cuerno y la pezuña y el lema: "¡Viva el Camarada Napoleón!". Luego venían recitales de poemas compuestos en honor de Napoleón y un discurso de Squealer dando detalles de los últimos aumentos en la producción de alimentos, y en algunas ocasiones se disparaba un tiro de escopeta. Las ovejas eran las más aficionadas a las Demostraciones Espontáneas, y si alguien se quejaba, como lo hacían a veces algunos animales (cuando no había cerdos ni perros) alegando que se perdía tiempo, las ovejas los callaban de un ruidoso: "¡Cuatro patas sí, dos patas no!". Pero, a la larga, a los animales les gustaban esas celebraciones. Resultaba satisfactorio el recuerdo de que, después de todo, ellos eran realmente sus propios amos y que todo el trabajo que efectuaban era en beneficio común. Y así, con las canciones, los desfiles, las listas de cifras de Squealer, el tronar de la escopeta, el cacareo del gallo y el flamear de la bandera, podían olvidar por algún tiempo que sus barrigas estaban por poco vacías. En abril la Granja de Animales fue proclamada República, y se hizo necesario elegir un Presidente.

Había un solo candidato: Napoleón, que resultó elegido por unanimidad. El mismo día se reveló que se descubrieron nuevos documentos dando más detalles referentes a la complicidad de Snowball con el Sr. Jones. Según ellos, parecía que Snowball no sólo trató de hacer perder la Batalla del Establo de las Vacas mediante una artimaña, como habían supuesto los animales, sino que estuvo peleando abiertamente a favor de Jones. En realidad, fue él quien dirigió las fuerzas humanas y los atacó en la batalla al grito de "¡Viva la Humanidad!". Las heridas sobre el lomo de Snowball, que varios animales aún recordaban haber visto, fueron infligidas por los dientes de Napoleón.

A mediados del verano, Moses, el cuervo, reapareció repentinamente en la granja, tras una ausencia de varios años. No había cambiado nada, continuaba sin hacer trabajo alguno y se expresaba igual que siempre respecto al Monte Azucarado. Solía posarse sobre un poste, batía sus alas negras y hablaba durante horas a cualquiera que quisiera escucharlo.

Allá arriba, camaradas —decía, señalando solemnemente el cielo con su pico largo—, allá arriba, exactamente detrás de esa nube oscura que ustedes pueden ver es donde está situado Monte Azucarado, esa tierra feliz donde nosotros, pobres animales, descansaremos para siempre de nuestras fatigas.

Sostenía haber estado allí en uno de sus vuelos a gran altura, y haber visto los campos perennes de trébol y las tartas de semilla de lino y los terrones de azúcar creciendo en los cercos. Muchos de los animales le creían. Actualmente, razonaban ellos, sus vidas no eran más que hambre y trabajo; ¿no resultaba, entonces, correcto y justo que existiera un mundo mejor en alguna parte?

Una cosa difícil de determinar era la actitud de los cerdos hacia Moses. Todos ellos declaraban despectivamente que sus cuentos respecto a Monte Azucarado eran mentiras y, sin embargo, le permitían permanecer en la granja, sin trabajar, con una pequeña ración de cerveza por día.

Después de habérsele curado el casco, Boxer trabajó más que nunca. Ciertamente, todos los animales trabajaron como esclavos aquel año. Aparte de trabajo corriente de la granja y la reconstrucción del molino, estaba la escuela para los cerditos, que se comenzó en marzo. A veces, las largas horas de trabajo con míseras porciones de comida eran difíciles de aguantar, pero Boxer nunca vaciló. En nada de lo que él decía o hacía se exteriorizaba señal alguna de que su fuerza ya no fuese la de antes. Solo su aspecto estaba un poco cambiado. Su pelaje era menos brillante y sus caderas parecían haberse contraído. Los demás decían que Boxer se recuperaría cuando apareciera el pasto de primavera; pero llegó la primavera y Boxer no engordó. A veces, en la ladera que llevaba hacia la cima del acantilado, cuando esforzaba sus músculos tensos por el peso de alguna piedra enorme, parecía que nada lo mantenía en pie excepto su voluntad de seguir adelante. En estos momentos se adivinaba que sus labios pronunciaban las palabras: "Trabajaré más fuerte" porque no le quedaba aliento. Nuevamente Clover y Benjamin le advirtieron que cuidara su salud, pero Boxer no prestó atención. Su duodécimo cumpleaños se aproximaba. No le importaba lo que sucediera, con tal que se hubiera acumulado una buena cantidad de piedra antes que él se jubilara.

Un día de verano, al anochecer, se corrió rápidamente el rumor de que algo le había sucedido a Boxer. Se había ido solo para arrastrar un montón de piedras hasta el molino. Y, en efecto, el rumor era cierto. Unos minutos después dos palomas llegaron a todo vuelo con la noticia:

—¡Boxer se ha caído! ¡Está tendido de costado y no se puede levantar!

Aproximadamente la mitad de los animales de la granja salieron corriendo hacia la loma donde estaba el molino. Allí yacía Boxer, entre las varas del carro, el pescuezo estirado, sin poder levantar la cabeza. Tenía los ojos vidriosos y su cuerpo estaba cubierto de sudor. Un hilo de sangre le salía por la boca. Clover cayó de rodillas a su lado.

—¡Boxer! —gritó—, ¿cómo estás?

—Es mi pulmón —dijo Boxer con voz débil—. No importa. Yo creo que podrán terminar el molino sin mí. Hay una buena cantidad de piedra acumulada. De cualquier manera sólo me quedaba un mes más. A decir verdad, estaba esperando la jubilación. Esperaba que como Benjamin también se está poniendo viejo, tal vez le permitirían retirarse al mismo tiempo, y así me haría compañía.

—Debemos obtener ayuda inmediatamente —reclamó Clover—. Que corra alguien a comunicarle a Squealer lo que ha sucedido.

Todos los animales corrieron inmediatamente hacia la casa para darle la noticia a Squealer. Solamente se quedaron Clover y Benjamin, que se acostó al lado de Boxer y, sin decir palabra, espantaba las moscas con su larga cola. Al cuarto de hora apareció Squealer, alarmado y lleno de interés. Dijo que el camarada Napoleón, enterado con la mayor aflicción de esta desgracia que había sufrido uno de los más leales trabajadores de la granja, estaba realizando gestiones para enviar a Boxer a un hospital de Willingdon para su tratamiento. Los animales se sintieron un poco intranquilos al oír esto. Exceptuando a Mollie y Snowball, ningún otro animal había salido jamás de la granja, y no les agradaba la idea de dejar a su camarada enfermo en manos de seres humanos. Sin embargo, Squealer los convenció fácilmente de que el veterinario de Willingdon podía tratar el caso de Boxer mejor que ellos en la granja. Y media hora después, cuando Boxer se repuso un poco, lo levantaron trabajosamente, y así logró volver rengueando hasta su establo donde Clover y Benjamin le habían preparado rápidamente una cama de paja muy amplia y cómoda.

Durante los dos días siguientes, Boxer permaneció en su establo. Los cerdos habían enviado una botella grande del medicamento rosado que encontraron en el botiquín del cuarto de baño, y Clover se lo administraba a Boxer dos veces al día después de las comidas. Por las tardes permanecía en el establo conversando con él, mientras Benjamin le espantaba las moscas. Boxer manifestó que no lamentaba lo que había pasado. Si se reponía, podría vivir unos tres años más, y pensaba en los días apacibles que pasaría en el rincón de la pradera grande. Sería la primera vez que tendría tiempo libre para estudiar y perfeccionarse. Dijo que su intención era dedicar el resto de su vida a aprender las veintidós letras restantes del abecedario.

Sin embargo, Benjamin y Clover sólo podían estar con Boxer después de las horas de trabajo, y a mediodía llegó un furgón para llevárselo. Los animales estaban trabajando bajo la supervisión de un cerdo, eliminando la maleza de los nabos, cuando fueron sorprendidos al ver a Benjamin venir a galope desde la casa, rebuznando con todas sus fuerzas. Nunca habían visto a Benjamin tan excitado; en verdad, era la primera vez que alguien lo veía galopar.

—¡Pronto, pronto! —gritó—. ¡Vengan en seguida! ¡Se están llevando a Boxer!

Sin esperar órdenes del cerdo, los animales abandonaron el trabajo y corrieron hacia los edificios de la granja. Efectivamente, en el patio había un gran furgón cerrado, con letreros en los costados, tirado por dos caballos, y un hombre de aspecto ladino tocado con un bombín aplastado en el asiento del conductor. El cubículo de Boxer estaba vacío.

Los animales se agolparon junto al carro.

—¡Adiós, Boxer! —gritaron a coro—, ¡adiós!

—¡Idiotas! ¡Idiotas! —exclamó Benjamin saltando alrededor de ellos y pateando el suelo con sus cascos menudos—. ¡Idiotas! ¿No ven lo que está escrito en los letreros de ese furgón?

Su tono asombró a los animales y se hizo el silencio. Muriel comenzó a deletrear las palabras. Pero Benjamin la empujó a un lado y en medio de un silencio sepulcral leyó:

—"Alfredo Simmonds, matarife de caballos y fabricante de cola, Willingdon. Comerciante en cueros y harina de huesos. Se suministran perreras". ¿No entienden lo que significa eso? ¡Lo llevan al descuartizador!

Los animales lanzaron un grito de horror. En ese momento el conductor fustigó a los caballos y el furgón arrancó despacio saliendo del patio. Todos los animales lo siguieron, gritando. Clover se adelantó. El furgón comenzó a tomar velocidad. Clover intentó galopar, pero sus pesadas patas sólo alcanzaron el medio galope.

—¡Boxer! —gritó ella—. ¡Boxer! ¡Boxer!

En ese momento, como si hubiera oído el alboroto, la cara de Boxer, con la franja blanca en el hocico, apareció por la ventanilla trasera del carro.

—¡Boxer! —gritó Clover con terrible voz—. ¡Boxer! ¡Sal de ahí! ¡Sal pronto! ¡Te llevan hacia la muerte!

Todos los animales se pusieron a gritar, pero el furgón ya había tomado velocidad y se alejaba de ellos. No se supo si Boxer entendió lo que dijo Clover. Pero un instante después, su cara desapareció de la ventanilla y se sintió el ruido de un patear de cascos dentro del furgón. Estaba tratando de abrirse camino a patadas. En otros tiempos, unos cuantos golpes de los cascos de Boxer hubieran hecho trizas el furgón. Pero, desgraciadamente, su fuerza lo había abandonado; y al poco tiempo el ruido de cascos se hizo más débil hasta que se extinguió. En su desesperación los animales comenzaron a apelar a los dos caballos que tiraban del furgón para que se detuvieran.

—¡Camaradas, camaradas! —gritaron—. ¡No lleven a su propio hermano hacia la muerte!

Pero las estúpidas bestias, demasiado ignorantes para darse cuenta de lo que ocurría, no hicieron caso y aceleraron el trote. La cara de Boxer no volvió a aparecer por la ventanilla. Era demasiado tarde cuando a alguien se le ocurrió adelantarse para cerrar el portón; en un instante, el furgón salió y desapareció por el camino. Boxer no fue visto nunca más. Tres días después se anunció que había muerto en el hospital de Willingdon, no obstante recibir toda la atención que se podía ofrecer a un caballo. Squealer anunció la noticia a los demás. Él había estado presente, dijo, durante las últimas horas de Boxer.

—¡Fue la escena más conmovedora que jamás haya visto! —expresó Squealer, levantando la pata para secar una lágrima—. Estuve al lado de su cama hasta el último instante, y al final, casi demasiado débil para hablar, me susurró que su único pesar era morir antes de haber terminado el molino. "Adelante, camaradas —murmuró—. Adelante en nombre de la Rebelión. ¡Viva Granja Animal! ¡Viva el camarada Napoleón! ¡Napoleón siempre tiene razón!". Esas fueron sus últimas palabras, camaradas.

En ese momento, el porte de Squealer cambió repentinamente. Permaneció callado un instante, y sus ojos lanzaron miradas de desconfianza de un lado a otro antes de continuar.

—Ha llegado a mis oídos —dijo—, que un rumor disparatado y malicioso circuló cuando se llevaron a Boxer. Algunos animales notaron que el furgón que trasladó a Boxer llevaba la inscripción "Matarife de caballos", y sacaron precipitadamente la conclusión de que ese era, en realidad, el destino de Boxer. Resulta casi increíble —dijo Squealer— que un animal pudiera ser tan estúpido. Seguramente —gritó indignado, agitando la cola y saltando de lado a lado—, seguramente ustedes conocen a nuestro querido Líder, el camarada Napoleón, mejor que nadie. La explicación, en verdad, es muy sencilla. El furgón fue anteriormente propiedad del descuartizador y había sido comprado por el veterinario, que aún no había borrado el nombre de su anterior dueño. Es por eso que surgió la confusión.

Los animales quedaron muy aliviados al escuchar esto. Y cuando Squealer continuó dándoles más detalles gráficos del lecho de muerte de Boxer, la admirable atención que recibió y las costosas medicinas que abonara Napoleón sin fijarse en el precio, sus últimas dudas desaparecieron y el pesar que sintieran por la muerte de su camarada fue mitigado por la idea de que, al menos, había muerto feliz.

Napoleón mismo apareció en la reunión del domingo siguiente y pronunció una breve oración fúnebre en memoria de Boxer. No era posible traer de vuelta los restos de su tan querido camarada para ser enterrados en la Granja, pero había ordenado que se confeccionara una gran corona con laurel del jardín de la casa para ser colocada sobre la tumba de Boxer. Y pasados unos días, los cerdos realizarían un banquete conmemorativo en su honor. Napoleón finalizó su discurso recordándoles los dos lemas favoritos de Boxer: "Trabajaré más fuerte" y "El Camarada Napoleón tiene siempre la razón", lemas, dijo, que todo animal haría bien en adoptar para sí mismo.

El día fijado para el banquete, el carro de un almacenista vino desde Willingdon y descargó un gran cajón de madera. Esa noche se oyó el ruido de cantos bullangueros, seguidos por algo que parecía una violenta disputa que terminó a eso de las once con un tremendo estruendo de vidrios rotos. Nadie se movió en la casa antes del mediodía siguiente y se corrió la voz de que los cerdos habían usado dinero para comprar otro cajón de whisky.

Capítulo X

Pasaron los años. Las estaciones vinieron y se fueron; las cortas vidas de los animales pasaron volando. Llegó una época en que ya no había nadie que recordara los viejos días anteriores a la Rebelión, exceptuando a Clover, Benjamin, Moses el cuervo, y algunos cerdos.

Muriel había muerto; Bluebell, Jessie y Pincher habían muerto. El Sr. Jones también murió; falleció en un hogar para borrachos en otra parte del país. Snowball fue olvidado. Boxer lo había sido, asimismo, excepto por los pocos que lo habían conocido. Clover era ya una yegua vieja y gorda, con articulaciones endurecidas y ojos lagañosos. Ya hacía dos años que había cumplido la edad del retiro, pero en realidad ningún animal se había jubilado. Hacía tiempo que no se hablaba de reservar un rincón del campo de pasto para animales jubilados. Napoleón era ya un cerdo maduro de unos ciento cincuenta kilos. Squealer estaba tan gordo que tenía dificultad para ver más allá de sus narices. Únicamente el viejo Benjamin estaba más o menos igual que siempre, exceptuando que el hocico lo tenía más canoso y, desde la muerte de Boxer, estaba más malhumorado y taciturno que nunca.

Había muchos más animales que antes en la granja, aunque el aumento no era tan grande como se esperara en los primeros años. Nacieron muchos animales para quienes la Rebelión era una tradición casi olvidada, transmitida verbalmente; y otros, que habían sido adquiridos, jamás oyeron hablar de semejante cosa antes de su llegada. La granja poseía ahora tres caballos, además de Clover. Eran bestias de prestancia, trabajadores de buena voluntad y excelentes camaradas, pero muy tontos. Ninguno de ellos logró aprender el alfabeto más allá de la letra B. Aceptaron todo lo que se les contó respecto a la Rebelión y los principios del Animalismo, especialmente por Clover, por quien tenían un respeto casi filial; pero era dudoso que hubieran entendido mucho de lo que se les dijo.

La granja estaba más próspera y mejor organizada; hasta había sido ampliada con dos franjas de terreno compradas al señor

Pilkington. El molino quedó terminado al fin, y la granja poseía una recogedora y una grúa de heno propios, agregándose también varios edificios. Whymper se había comprado un coche. El molino, sin embargo, no fue empleado para producir energía eléctrica. Se utilizó para moler maíz y produjo un saneado beneficio en efectivo. Los animales estaban trabajando mucho en la construcción de otro molino más; cuando este estuviera terminado, según se decía, se instalarían las maquinarias. Pero los lujos con que Snowball hizo soñar alguna vez a los animales, los establos con luz eléctrica y agua caliente y fría, y la semana de tres días, ya no se mencionaban. Napoleón había censurado estas ideas por considerarlas contrarias al espíritu del Animalismo. La verdadera felicidad, dijo él, consistía en trabajar mucho y vivir modestamente.

De algún modo parecía como si la granja se hubiera enriquecido sin enriquecer a los animales mismos; exceptuando, naturalmente, a los cerdos y los perros. Tal vez eso se debía en parte al hecho de haber tantos cerdos y tantos perros. No era que estos animales no trabajaran a su manera. Existía, como Squealer nunca se cansaba de explicarles, un sinfín de labores en la supervisión y organización de la Granja. Gran parte de este trabajo tenía características que los demás animales eran demasiado ignorantes para comprender. Por ejemplo, Squealer les dijo que los cerdos tenían que realizar un esfuerzo enorme todos los días con unas cosas misteriosas llamadas "archivadores", "informes", "actas" y "declaraciones". Se trataba de largas hojas de papel que tenían que ser llenadas totalmente con escritura, y después eran quemadas en el horno. Esto era de suma importancia para el bienestar de la Granja, señaló Squealer. Pero, de cualquier manera, ni los cerdos ni los perros producían nada comestible mediante su propio trabajo; eran muchos y siempre tenían un gran apetito.

En cuanto a los otros, su vida, por lo que ellos sabían, era lo que fue siempre. Generalmente tenían hambre, dormían sobre paja, bebían del estanque, trabajaban en el campo; en invierno sufrían los efectos del frío y en verano de las moscas. A veces, los más viejos de entre ellos buscaban en sus turbias memorias y trataban de determinar si en los primeros días de la Rebelión, cuando la expulsión de Jones aún era reciente, las cosas fueron mejor o peor que ahora.

No alcanzaban a recordar. No había con qué comparar su vida presente, no tenían en qué basarse exceptuando las listas de cifras de Squealer que, como siempre, demostraban que todo mejoraba más y más. Los animales no encontraron solución al problema. De cualquier forma, tenían ahora poco tiempo para cavilar sobre estas cosas. Únicamente el viejo Benjamin decía recordar cada detalle de su larga vida y saber que las cosas nunca fueron, ni podrían ser, mucho mejor o mucho peor. El hambre, la opresión y el desengaño eran, así dijo él, la ley inalterable de la vida.

Y, sin embargo, los animales nunca abandonaron sus esperanzas. Más aún, jamás perdieron, ni por un instante, su sentido del honor y el privilegio de ser miembros de la Granja de Animales. Todavía era la única granja en todo el condado, ¡en toda Inglaterra!, poseída y gobernada por animales. Ninguno, ni el más joven, ni siquiera los recién llegados, traídos desde granjas a diez o veinte kilómetros de distancia, dejaron de maravillarse por ello. Y cuando sentían sonar la escopeta y veían la bandera verde ondeando al tope del mástil, sus corazones se hinchaban de un orgullo inextinguible, y la conversación siempre giraba en torno a los heroicos días de antaño, la expulsión del Sr. Jones, la inscripción de los siete mandamientos, las grandes batallas en que los invasores humanos fueron derrotados. Ninguna de las viejas ilusiones había sido abandonada. La República de los animales que el Mayor pronosticaba, cuando los campos verdes de Inglaterra no fueran hollados por pies humanos, era todavía su aspiración. Algún día llegaría; tal vez no fuera pronto, quizá no sucediera durante la existencia de la actual generación de animales, pero vendría. Hasta la melodía de *Bestias de Inglaterra* era tarareada a escondidas aquí o allá; de cualquier manera, era un hecho que todos los animales de la granja la conocían, aunque ninguno se hubiera atrevido a cantarla en voz alta. Podría ser que sus vidas fueran penosas y que no todas sus esperanzas se vieran cumplidas; pero tenían conciencia de no ser como otros animales. Si pasaban hambre, no lo era por alimentar a tiranos como los seres humanos; si trabajaban mucho, al menos lo hacían para ellos mismos. Ninguno caminaba sobre dos pies. Ninguno llamaba a otro "amo". Todos los animales eran iguales.

Un día, a principios del verano, Squealer ordenó a las ovejas que lo siguieran, y las condujo hacia una parcela de tierra no cultivada en el otro extremo de la granja, cubierta por retoños de hierbas. Las ovejas pasaron todo el día allí comiendo hojas bajo la supervisión de Squealer. Al anochecer él volvió a la casa, pero, como hacía calor, les dijo a las ovejas que se quedaran donde estaban. Y allí permanecieron toda la semana, sin ser vistas por los demás animales durante ese tiempo. Squealer estaba con ellas durante la mayor parte del día. Dijo que les estaba enseñando una nueva canción, para lo cual se necesitaba aislamiento.

Una tarde tranquila, al poco tiempo de haber vuelto las ovejas de su retiro cuando los animales ya habían terminado de trabajar y regresaban hacia los edificios de la granja, se oyó desde el patio el relincho aterrado de un caballo. Alarmados, los animales se detuvieron bruscamente. Era la voz de Clover. Relinchó de nuevo y todos se lanzaron al galope entrando precipitadamente en el patio. Entonces vieron lo que Clover había visto.

Era un cerdo, caminando sobre sus patas traseras.

Sí, era Squealer. Un poco torpemente, como si no estuviera totalmente acostumbrado a sostener su gran volumen en aquella posición, pero con perfecto equilibrio, estaba paseándose por el patio. Y poco después, por la puerta de la casa apareció una larga fila de cerdos, todos caminando sobre sus patas traseras. Algunos lo hacían mejor que otros, si bien uno o dos andaban un poco inseguros, dando la impresión de que les hubiera agradado el apoyo de un bastón, pero todos ellos dieron con éxito una vuelta completa por el patio. Finalmente se oyó un tremendo ladrido de los perros y un agudo cacareo del gallo negro, y apareció Napoleón en persona, erguido majestuosamente, lanzando miradas arrogantes hacia uno y otro lado y con los perros brincando alrededor.

Llevaba un látigo en la mano.

Se produjo un silencio de muerte. Asombrados, aterrorizados, acurrucados unos contra otros, los animales observaban la larga fila de cerdos marchando lentamente alrededor del patio. Era como si el mundo se hubiera puesto del revés. Pasada la primera impresión y, a pesar de todo, a pesar del terror a los perros y de la costumbre adquirida durante muchos años, de nunca quejarse, nunca criticar, podrían haber emitido alguna palabra de protesta. Pero en ese preciso instante, como obedeciendo a una señal, todas las ovejas estallaron en un tremendo canto: "¡Cuatro patas sí, dos patas mejor! ¡Cuatro patas sí, dos patas mejor! ¡Cuatro patas sí, dos patas mejor!".

El cántico siguió durante cinco minutos sin parar. Y cuando las ovejas callaron, la oportunidad para protestar había pasado, pues los cerdos entraron nuevamente en la casa.

Benjamin sintió que un hocico le rozaba el hombro. Era Clover. Sus viejos ojos parecían más apagados que nunca. Sin decir nada; le tiró suavemente de la crin y lo llevó hasta el extremo del granero principal, donde estaban inscritos los siete mandamientos. Durante un minuto o dos estuvieron mirando la pared alquitranada con sus blancas letras.

—La vista me está fallando —dijo ella finalmente—. Ni aun cuando era joven podía leer lo que estaba ahí escrito. Pero me parece que esa pared está cambiada. ¿Están igual que antes los siete mandamientos, Benjamin?

Por primera vez Benjamin consintió en romper la costumbre y leyó lo que estaba escrito en el muro. Allí no había nada excepto un solo Mandamiento, que decía:

TODOS LOS ANIMALES SON IGUALES,
PERO ALGUNOS ANIMALES SON MÁS IGUALES QUE OTROS.

Después de eso no les resultó extraño que al día siguiente los cerdos que estaban supervisando el trabajo de la granja, llevaran todos un látigo en la mano. No les pareció raro enterarse de que los cerdos se habían comprado una radio, estaban gestionando la instalación de un teléfono y se habían suscrito a *John Bull*, *Tit Bits* y al *Daily Mirror*. No les resultó extraño cuando vieron a Napoleón paseando por el jardín de la casa con una pipa en la boca. Ni siquiera les pareció extraño cuando los cerdos sacaron la ropa del Sr. Jones de los roperos y se la pusieron; Napoleón apareció con una chaqueta negra, pantalones bombachos y polainas de cuero, mientras que su favorita lucía el vestido de seda que la señora Jones acostumbraba a usar los domingos.

Una semana después, una tarde, cierto número de coches llegó a la granja. Una delegación de granjeros vecinos había sido invitada para realizar una visita. Recorrieron la granja y expresaron gran admiración por todo lo que vieron, especialmente el molino.

Los animales estaban escarbando el campo de papas. Trabajaban casi sin despegar las caras del suelo y sin saber a quién debían temer más: si a los cerdos o a los visitantes humanos.

Esa noche se escucharon fuertes carcajadas y canciones desde la casa. El sonido de las voces entremezcladas despertó repentinamente la curiosidad de los animales. ¿Qué podía estar sucediendo allí, ahora que, por primera vez, animales y seres humanos estaban reunidos en igualdad de condiciones? De común acuerdo se arrastraron en el mayor silencio hasta el jardín de la casa. Al llegar a la entrada se detuvieron, medio asustados, pero Clover avanzó resueltamente y los demás la siguieron. Fueron de puntillas hasta la casa, y los animales de mayor estatura espiaron por la ventana del comedor. Allí, alrededor de una larga mesa, estaban sentados media docena de granjeros y media docena de los cerdos más eminentes, ocupando Napoleón el puesto de honor en la cabecera. Los cerdos parecían encontrarse en las sillas completamente a gusto. El grupo estaba jugando una partida de naipes, pero la habían suspendido un momento, sin duda para brindar. Una jarra grande estaba pasando de mano en mano y los vasos se llenaban de cerveza una y otra vez. Nadie se fijaba en las caras de los animales en la ventana.

El señor Pilkington, de Foxwood, se puso en pie, con un vaso en la mano. Dentro de un instante, explicó, iba a solicitar un brindis a los presentes. Pero, previo a eso, se consideraba obligado a decir unas palabras.

—Es para mí motivo de gran satisfacción —dijo—, y estoy seguro que para todos los asistentes, comprobar que un largo período de desconfianzas y conflicto llega a su fin. Hubo un tiempo, no es que yo, o cualquiera de los presentes, compartiéramos tales sentimientos, pero hubo un tiempo en que los respetables propietarios de la Granja de Animales fueron mirados, no diría con hostilidad, sino con cierta dosis de recelo por sus vecinos humanos. Se produjeron incidentes desafortunados y eran fáciles los malos entendidos. Se creyó que la existencia de una granja poseída y gobernada por cerdos era en cierto modo anormal y que podría tener un efecto perturbador en el vecindario. Demasiados granjeros supusieron, sin la debida información, que en dicha granja prevalecía un espíritu de libertinaje e indisciplina. Habían estado preocupados respecto a las consecuencias que ello acarrearía en sus propios animales o aun sobre sus empleados de raza humana. Pero todas estas dudas ya estaban disipadas.

"Mis amigos y yo acabamos de visitar la Granja de Animales y de inspeccionar cada centímetro con nuestros propios ojos. ¿Y qué hemos encontrado? No solamente los métodos más modernos, sino una disciplina y un orden que deberían servir de ejemplo para los granjeros de todas partes. Creo yo que estoy en lo cierto al decir que los animales inferiores de la Granja de Animales hacían más trabajo y recibían menos comida que cualquier animal del condado. En verdad, mis colegas visitantes y yo observamos muchos detalles que pensamos implementar en nuestras granjas inmediatamente.

"Quisiera terminar mi discurso —dijo— recalcando nuevamente el sentimiento amistoso que subsiste, y que debe subsistir, entre la Granja de Animales y sus vecinos. Entre los cerdos y los seres humanos no había, y no debería haber, ningún choque de intereses de cualquier clase. Nuestros esfuerzos y dificultades son idénticos. ¿No es el problema laboral el mismo en todas partes?".

Aquí pareció que el señor Pilkington se disponía a contar algún chiste preparado de antemano, pero por un instante lo dominó la risa, y no pudo articular palabra. Después de un rato de sofocación en cuyo transcurso sus diversas papadas enrojecieron, logró explicarse:

"¡Si bien ustedes tienen que lidiar con sus animales inferiores —dijo— nosotros tenemos nuestras clases inferiores!".

Esta ocurrencia les hizo desternillar de risa; y el señor Pilkington nuevamente felicitó a los cerdos por las escasas raciones, las largas horas de trabajo y la falta de blandenguerías que observara en la Granja de Animales.

"Y ahora —dijo finalmente—, iba a pedir a los presentes que se pusieran de pie y se cercioraran de que sus vasos estén llenos. Señores —concluyó el señor Pilkington—, señores, les propongo un brindis: ¡Por la prosperidad de la Granja de Animales!".

Hubo unos vítores entusiastas y un resonar de pies y patas. Napoleón estaba tan complacido, que dejó su lugar y dio la vuelta a la mesa para chocar su vaso con el del señor Pilkington antes de vaciarlo. Cuando terminó el vitoreo, Napoleón, que permanecía de pie, insinuó que también él tenía que decir algunas palabras.

Como en todos sus discursos, Napoleón fue breve y al grano.

"Yo también —dijo— estoy contento de que el período de des- acuerdos llegara a su fin. Durante mucho tiempo hubo rumores propalados —él tenía motivos fundados para creer que por algún enemigo malévolo— de que existía algo subversivo y hasta revo- lucionario en nuestro punto de vista. Se nos atribuyó la intención de fomentar la rebelión entre los animales de las granjas vecinas. ¡Nada podía estar más lejos de la verdad! Mi único deseo, ahora y en el pasado, es vivir en paz y mantener relaciones normales con mis vecinos. Esta granja que tengo el honor de controlar —agregó— es una empresa cooperativa. Los títulos de propiedad, que están en mi poder, pertenecen a todos los cerdos en conjunto.

"No creo —dijo— que aún queden rastros de las viejas sospe- chas, pero acabamos de introducir ciertos cambios en la rutina de la granja que tendrán el efecto de fomentar aún más la confianza mu- tua. Hasta ahora los animales de la granja han tenido la costumbre algo tonta de dirigirse unos a otros como 'camarada'. Eso va a ser suprimido. También existe otra costumbre muy rara, cuyo origen es desconocido, de desfilar todos los domingos por la mañana ante el cráneo de un cerdo clavado en un poste del jardín. Eso también va a suprimirse, y el cráneo ya ha sido enterrado. Ustedes han visto, sin duda, la bandera verde que ondeaba al tope del mástil. En ese caso, seguramente notaron que el cuerno y la pezuña blanca con que estaba marcada anteriormente fueron eliminados. En adelante, será simplemente una bandera verde.

"Tengo que hacer una sola crítica del magnífico y amistoso dis- curso del señor Pilkington. El señor Pilkington hizo referencia en todo momento a la Granja de Animales. No podía saber, natural- mente —porque era ahora cuando Napoleón, iba a anunciarlo por primera vez— que el nombre de la Granja de Animales ha sido abolido. Desde este momento la granja será conocida como 'Granja Manor', que es su verdadero nombre, el original.

"Señores —concluyó Napoleón—, les voy a proponer el mismo brindis de antes, pero de otra forma. Llenen los vasos hasta el borde. Señores, éste es mi brindis: ¡Por la prosperidad de la 'Granja Manor'!".

Se repitió el mismo cordial vitoreo de antes y los vasos fueron vaciados de un trago. Pero a los animales, que desde fuera observaban la escena, les pareció que algo raro estaba ocurriendo. ¿Qué era lo que se había alterado en los rostros de los cerdos? Los viejos y apagados ojos de Clover pasaron rápidamente de un rostro a otro. Algunos tenían cinco papadas, otros tenían cuatro, aquellos tenían tres. Pero ¿qué era lo que parecía desvanecerse y transformarse? Después, finalizados los aplausos, los concurrentes tomaron nuevamente los naipes y continuaron la partida interrumpida, mientras los animales se alejaban en silencio.

Pero no habían dado veinte pasos cuando se pararon bruscamente. Un enorme alboroto de voces venía de la casa. Regresaron corriendo y miraron nuevamente por la ventana. Sí, estaba desarrollándose una violenta discusión: Gritos, golpes sobre la mesa, miradas penetrantes y desconfiadas, negativas furiosas. El origen del conflicto parecía ser que tanto Napoleón como el señor Pilkington habían descubierto simultáneamente un as de espadas cada uno.

Doce voces gritaron indignadas y todas eran iguales. No había duda de la transformación ocurrida en las caras de los cerdos. Los animales asombrados, pasaron su mirada del cerdo al hombre, y del hombre al cerdo; y, nuevamente, del cerdo al hombre; pero ya era imposible distinguir quién era uno y quién era otro.

Epílogo

Es posible que, cuando se publique este libro, mis puntos de vista sobre el régimen soviético se hayan generalizado. Pero ¿y qué? Cambiar una ortodoxia por otra no supone necesariamente un avance.

Índice